Rosalba A Olmedo 1-20-05

Cuentos y Leyendas
— de —
América
Latina

EL JARDIN INTERIOR

Cuentos y Leyendas
— de —
América Latina

*Recopilación de
María Acosta*

Los Mitos del Sol y la Luna

OCEANO AMBAR

CUENTOS Y LEYENDAS DE AMÉRICA LATINA
© María Acosta y Sergio Álvarez, 2002

Recopilación de María Acosta
Diseño de cubierta Enrique Iborra

© Editorial Océano, S. L., 2002
Milanesat, 21-23 - *Edificio Océano*
08017 Barcelona (España)
Tel.: 93 280 20 20* - Fax: 93 203 17 91
www.oceano.com

Derechos exclusivos de edición en español
para todos los países del mundo.

Queda rigurosamente prohibida, sin la autorización escrita de los titulares del *copyright*, bajo las sanciones establecidas en las leyes, la reproducción parcial o total de esta obra por cualquier medio o procedimiento, comprendidos la reprografía y el tratamiento informático, así como la distribución de ejemplares mediante alquiler o préstamo público.

ISBN: 84-7556-190-X

Impreso en U.S.A. - Printed in U.S.A.

ÍNDICE

INTRODUCCIÓN 9
Mitos, leyendas y relatos 11

LEYENDAS DEL ORIGEN DEL UNIVERSO 15
El principio 17
Los colosos de la Tierra del Fuego 19
La tierra hambrienta 22
El origen del país de Quiché 24
El hijo de Oba 27
El dios mendigo 30
Bachué sobre las aguas 33
El mundo de Huiracocha 35
Un vestido de plumas 38
Cuando empezó el mundo 41

LEYENDAS DE DIOSES Y HOMBRES 45
Iasá y el arco iris 47
Palayg, dios de las tormentas 49
La casa de los muertos 51
La bebida espirituosa 54
La partida del dios del viento 56
El terrible Cherufe 59
El arawak y el buitre 62

Unkui, la madre de la selva 65
La mujer de laurel amarillo 67

Leyendas del Sol y de la Luna 71
Tecuciztecatl y Nahuatzin 73
La noche de Baio 77
La piedra del Tandil 79
Antü y Kushe 81
Inti y Mama-Quilla 84
El sol rojo guaraní 87
El Sol y la noche 89
Setetule 91
Kaliwakúa, la luna caníbal 93
La bola de oro del cóndor 96

Leyendas de tierra, de agua, de viento y de fuego 99
Guatavita 101
Quena 104
El regalo del fuego 107
En las aguas de Nehuel Huapi 110
El jaguar y el fuego 113
Pirepillán en la montaña 115
El rescate del fuego 118
Las corrientes de Limay y Neuequén 121
La casa del trueno 124
Las criptas de Kua 126
Hotu-Matua 129
Huzahúa 133
La avaricia de Tapá 136

Leyendas de plantas y animales 139
Las hojas de coca 141
El hombre pájaro 145
Los venados de barro 148

Koonek en la nieve 151
El rugido de Tapira 153
La flor de irupé 156
El canto del Kakuy 158
Fuertes como el puma, astutos como la zorra 161
La primera bruja 165
Ipi y Moé 169
Kaliawiri, el árbol de la comida 173
Panki y el guerrero 178

LEYENDAS DE LA CONQUISTA 181
El tesoro del valle florido 183
Camín y Cosco-Ina 185
La Garita del Diablo 187
La Malinche 190
El regreso de Quetzalcóatl 193
Juan Diego y la Virgen de Guadalupe 197
Sotomayor y Guanina 200
Pedro Candía, dios de los indios 203
El tesoro del cóndor 206

LEYENDAS DE ESPÍRITUS Y DUENDES 209
La Patasola 211
La Llorona 213
El Pishtaco 216
El tío de las minas 218
El Caleuche 220
Los Aluxes 222
Boitatá 224
Los puquiales 225
El Curupira 226
La Madreselva 227
Los igpuriaras 228
El Pombero 229

Guarmi Volajun, la voladora 231
Los Condenados 232
El Mohán 234
El Boraro 235
La Madredeagua 236
Cipitín 237
El payador 239

APÉNDICE 241
Glosario 243
Bibliografía 248

Introducción

En el año 1492 de nuestra era, la desesperanza, la ambición y el despiste lograron que un marinero genovés llamado Cristóbal Colón, descubriera o, más exactamente, tropezara con todo un continente. Aunque la historia no premió al esforzado marino nombrando aquellas tierras con una palabra derivada de su nombre de pila, es gracias a él y a su importante equivocación que empezó a conformarse el territorio que hoy en día llamamos América Latina.

Siguió después un proceso de conquista durante el cual los europeos recorrieron, una y otra vez y en frágiles embarcaciones, la ruta señalada por Colón. Con la reincidencia en tan peligroso viaje demostraron arrojo y una capacidad ilimitada para soñar un mundo nuevo. Sin embargo, aquel viaje derivó en un baño de sangre que casi exterminó a los pobladores de las tierras descubiertas.

Se salvaron algunos de aquellos indígenas gracias a la feracidad del terreno, a lo inhóspito del clima y la imperiosa falta de mano de obra que tenían los recién llegados. Era indispensable hacer productivas las tierras conquistadas. De esta manera, las nuevas costumbres se instalaron en tierras americanas y la colonización cultural y económica del nuevo mundo empezó su marcha.

Con todo, y al contrario de lo que solemos pensar, América latina no era en aquella época un mundo bárbaro. Existían sobre su tierra dos imperios (el inca y el azteca), con una compleja organización social, económica y política. Estos imperios cubrían vastas zonas de territorio en el centro y el sur de América y manejaban una compleja red de relaciones sociales y económicas. El universo cultural y religioso de los pueblos prehispánicos era rico y variado, y si no habían desarrollado la destreza técnica que hizo superiores a los conquistadores tal vez fue porque las condiciones de vida no lo requerían.

En aquel momento no sólo existía un respetable universo cultural y humano. El continente había visto ya el nacimiento, la plenitud y el cenit de complejas y desarrolladas civilizaciones. Desde el siglo VI y hasta el mismo siglo XV, los mayas, los taironas, los olmecas y los chimú, entre otros, habían poblado México, el Caribe y Perú. Fueron pueblos que alcanzaron un interesante sistema de organización social y económica y dejaron, tras su desaparición, rasgos culturales sobre los que se construyeron los dos grandes imperios que encontraron los españoles.

Excavaciones hechas en las últimas decadas han sacado a la luz ciudades y espacios destinados al desarrollo de actividades políticas y religiosas de gran fastuosidad. Entre estas excavaciones vale la pena mencionar Teotihuacán, una ciudad situada a cuarenta kilómetros al norte de Ciudad de México. En sus complejos arquitectónicos se han hallado imponentes pirámides, plazas, avenidas y templos. Esta ciudad, muestra del trabajo y cultura de los teotihuacanos, es un ejemplo claro del interesante pasado precolombino.

En Yucatán, Guatemala, Belice, Honduras, El Salvador y parte de los estados mexicanos de Tabasco y Chiapas, florecieron los mayas, una cultura que siempre ha ejercido una gran fascinación sobre los arqueólogos. Muchos de los misterios de este pueblo aún los oculta la selva, pero buena parte de esta atracción se debe al descubrimiento de ciudades como Tikal, Yaxchilán, Palenque y Uxmal. En todos estos centros urbanos se puede apreciar la majestuosidad de las pirámides y los templos, la gran capacidad para la escultura y el relieve, el sentido místico de las construcciones y, también, objetos y figuras que nos hablan de sorprendentes conocimientos de astronomía y del calendario.

Pero también han quedado rastros de otras culturas interesantes, en la región de San Agustín y en la sierra nevada de Santa Marta, en Colombia, hay vestigios de pueblos de un complejo pensamiento cultural y religioso.

Y en Ecuador y Perú se asentaron las culturas chavín, nazca, moche, chimú, etcétera. Estos pueblos también construyeron ciudades, organizaron muy bien su economía y nos dejaron muestras de un avanzado manejo del entorno físico y de una construcción elaborada de ideas sobre los fenómenos naturales, humanos y místicos que los afectaban.

Pero, a pesar de la riqueza de estos pueblos, los europeos quemaron manuscritos, fundieron el oro, destruyeron los ídolos y arrasaron los templos, borrando las huellas de importantes culturas ya entonces desaparecidas. Además, cambiaron el rico mundo pagano de los indígenas e impusieron una religión absolutamente ajena a la tradición americana.

A este primer choque cultural, se le sumó la llegada de esclavos traídos de África que desembarcaron en los puertos caribeños. De esta forma, tres razas se fundieron en América y conformaron el actual continente: por una parte, los europeos, por otra, los nativos de las tierras americanas y, aún por otra, los africanos; todos añorando la cultura que habían dejado atrás.

Gracias a esta fusión cultural y a un divertido y algo pecaminoso factor llamado mestizaje, la América latina actual es un auténtico crisol de culturas y tradiciones, algunas muy antiguas e interesantes. Latinoamérica se enriquece con los mitos que trajeron los esclavos y se logra comprender, también, gracias a las leyendas que surgieron de las batallas amorosas y bélicas que enfrentaron a nativos y conquistadores.

Mitos, leyendas y relatos

Los indígenas americanos lograron durante siglos compenetrarse con el mundo en que vivían y construyeron alrededor de él mitos y leyendas capaces de darles tranquilidad y fe ante una naturaleza exuberante. En los mitos de los pueblos americanos es abundante la presencia de elementos naturales: la tierra es una madre de mil bocas, las plantas dan su savia para que el hombre viva y los pájaros y las serpientes se unen en una cópula ritual que da origen a dioses fantásticos.

Pero no todo tenía relación con el medio natural. Al igual que en otros pueblos, encontramos seres sabios surgidos de las aguas; habitantes del cielo que para combatir su aburrimiento bajaron a la tierra y decidieron crear a los hombres; seres fabulosos provenientes de otros mundos; colonizadores perdidos por el amor de una mujer nativa; o mujeres nativas que siguen llorando a los hijos muertos durante las batallas.

En este libro se retoman muchas de esas leyendas y se recopilan algunas de las que siguen presentes en los pocos pueblos indígenas que perduran. A través de ellas, se sigue cultivando el respeto al pasado y a los seres que los precedieron, pero, sobre todo, se busca en ellas un soporte espiritual.

El mito, esa realidad caótica ordenada gracias al idioma, tuvo en la América prehispánica un gran esplendor. En unas tierras donde el hombre logró integrarse y conocer con profundidad el medio natural en el que vivía, el mito fue múltiple y diverso. En América convivían muchísimos pueblos. La ambición política no había logrado unificar el continente y, al igual que ahora, coexistían múltiples naciones en diferentes estados de desarrollo.

En la actualidad, en países como Colombia, Perú y Brasil, existen vastos territorios sin asimilar al orden político y hay pueblos alejados de la civilización. Por este motivo, compilar en un libro leyendas del continente americano puede ser a la vez gratificante y agotador.

La selección que aquí se presenta, más que intentar ser rigurosa, trata de ser amplia y busca crear un panorama de la variedad cultural del continente. Es posible que muchos de los mitos que ahora leemos hayan pasado por el tamiz de la religión o se hayan enriquecido con las creencias de todos aquellos otros pueblos que fueron obligados a cambiar de mundo. Sin embargo, ese hecho no les quita sinceridad ni valor. Leerlos es, de alguna manera, recuperar las culturas perdidas, recomponer los inevitables daños hechos por la historia e integrar las inquietudes y explicaciones de pueblos desaparecidos a un mundo al cual también pertenecen.

Han pasado siglos desde el origen de estas leyendas. Unas cuantas se han perdido en algún descuido de la memoria. Pero muchas otras siguen vivas. Y, si escuchamos atentamente, en el silencio de los bosques aún podremos oír la voz de Quena llamando a su enamorado, el llanto desconsolado de La Llorona o el bramido de Tapira, la antigua reina de los animales, que se lamenta por su trono perdido.

• INTRODUCCIÓN •

Son esas voces, esos ruidos lejanos que todavía se escuchan, lo que da sentido a este libro. Es importante no olvidar que el carácter de un pueblo está determinado en gran parte por las historias que dan respuesta a sus preguntas más esenciales, por la necesidad imperiosa de explicar mediante leyendas todo aquello que resulta inexplicable.

Sergio Álvarez

Leyendas del origen del universo

1

EL PRINCIPIO

Leyenda inca

Cuando no existía el mundo, el dios sin nombre se dio cuenta de que con la tierra, el agua y el fuego, podía dar vida a lo que rondaba por su mente y se puso a trabajar. Había pensado en un universo único, donde todos los elementos y los seres vivieran en armonía. Para eso era preciso que cada cosa ocupara su justo lugar.

Dispuso que el universo se dividiera en tres espacios. Arriba se situaría todo lo que brilla: los dioses del Sol y de la Luna, las constelaciones de estrellas y los cometas. También allí, pero más cerca del suelo, vivirían el dios del rayo, del relámpago y del trueno, del arco iris y del viento. En la Tierra, el segundo espacio, dispuso que habitara todo lo que está vivo, lo que nace y crece: las plantas, los animales, los hombres y los espíritus. Todos compartirían el mismo lugar y se tratarían como hermanos bajo la luz del Sol. Un espacio oscuro y profundo, cavado en el interior de la tierra sería el lugar destinado a los que han muerto.

Los tres espacios estarían separados, pero habría caminos secretos, vías especiales que sólo unos pocos podrían conocer, para viajar de un lugar a otro. Desde la Tierra, sólo Inti, el hijo del Sol, podría ir arriba, al lugar de las estrellas, para comunicarse con los dioses que iluminan el mundo con su luz. Desde la casa de los muertos se podría llegar al mundo de los vivos a través de grietas en las rocas que sobresalen de la superficie, o desde los lugares donde brota el agua, o a través de las bocas de las montañas de fuego.

Así se formó el universo. Por eso en la inmensidad del cielo brillan el Sol, la Luna y los astros. Inti, que entiende su lenguaje, los mira desde la Tierra y puede explicar a los hombres cuáles son los designios de los dioses. Y ocultos, enterrados en las profundidades, habitan los muertos, que de tanto en tanto, cruzan el umbral y se cuelan en el espacio de los que están vivos.

2

LOS COLOSOS DE LA TIERRA DEL FUEGO
Leyenda sélknam*

Cuando Kenós el gigante llegó a la Tierra del Fuego no encontró más que la pampa desnuda. Todo estaba por hacer. No había montañas, ni ríos, ni árboles, ni colores. Nada ni nadie. Sólo la inmensidad de la tierra llana. Su labor era dar forma y vida a las cosas. Pero aunque él era un gigante, la pampa era inmensa y Kenós se sintió solo. Entonces imploró al cielo.

Temakuel, padre del universo, escuchó su llanto y quiso curar su soledad. Por ello, le concedió la facultad de crear otros dioses iguales a él, otros gigantes que le acompañaran y le entretuvieran, que compartieran sus días y fueran con él por el mundo dando vida en la tierra desierta. Así llegaron Cóoj, Cenuque y Taiyín.

Los cuatro recorrieron el mundo de punta a punta. Juntos amasaron las montañas, pintaron de blanco sus picos más altos y las cubrieron de bosques. En ellos pusieron plantas y animales de tierra y de aire. Insectos que cantan por las noches, aves que cruzan el cielo bajo el sol, bestias peligrosas que viven al acecho y todo lo que en el mundo debiera existir.

Hasta que un día Kenós se sintió viejo y cansado de andar y andar, y pidió a sus hermanos que lo acompañaran al sur, donde mueren los gue-

---

* Los sélknam eran cazadores nómadas que habitaron al norte de Tierra del Fuego, una isla entre el estrecho de Magallanes y las últimas estribaciones de la cordillera fueguina. Eran gente fuerte que no solía expresar el dolor, ni el hambre, ni el cansancio, ni siquiera el agradecimiento, ya que estaba mal visto mostrar las emociones.

rreros. Dijo que su día había llegado. Les indicó que después de muerto debían enterrarlo en un hueco muy profundo, mirando al cielo, a Temakuel. «Todas las cosas tienen su tiempo —añadió al despedirse—. Solamente hay que esperar.» Después murió.

Los dioses se pusieron entonces a esperar a que viniera un tiempo sereno, sin la pena y el dolor que les había dejado la ausencia de Kenós. Pero sólo tres semanas después de su muerte sus hermanos dieron saltos de alegría cuando lo vieron ponerse de nuevo en pie, joven y fuerte otra vez. Así, aprendieron que los dioses son inmortales, que van envejeciendo poco a poco hasta que parece que mueren, y que esa muerte es sólo un sueño del que despiertan jóvenes para empezar de nuevo.

Pasaron los siglos. Kenós, Cenuque, Cóoj y Taiyín transformaron la pampa desierta en un lugar fértil. Los llanos se convirtieron en montañas y el vacío gris amarillento se cubrió de vida. Una y otra vez morían de viejos, y una y otra vez despertaban jóvenes para impregnar de vida todo lo que tocaban.

El mundo estaba casi terminado: había montañas, animales, senderos, colores. Y un día Cóoj sintió de nuevo que sus fuerzas flaqueaban. «Me muero —dijo a Kenós—. Pero esta vez no quiero renacer y empezar de nuevo. Quiero morir para siempre, buscar mi lugar al lado de Temakuel y descansar. Busco el reposo eterno y siento que no lo encontraré en la Tierra.»

Kenós tuvo que decirle que los dioses nunca mueren para siempre, que su destino era pasarse la eternidad cumpliendo la misión que Temakuel les encomendó en el principio de los tiempos, que sus huesos y su cuerpo sólo encontrarían lugar para el descanso en la tierra y no en el cielo, junto a Temakuel.

Pero Cóoj estaba cansado y triste. No comprendió por qué no podía morir. No entendió por qué había de pagar un precio tan alto por ser un dios inmortal. Dio la espalda para que sus hermanos no lo vieran llorar y se echó a andar hacia el Este.

Sus lágrimas cayeron en la tierra. Rodaron desde las cumbres de los montes y cubrieron el suelo de tanta agua salada que el sol no pudo secarla. Siguió llorando y caminando en línea recta hacia el Este. Y tan hondo fue su pesar que caminó y caminó por mucho tiempo. Cuando se detuvo, miró hacia atrás y quiso volver a donde estaban sus hermanos pero no pudo ver la tierra que había abandonado. Los charcos de sus lágrimas formaron enormes lagos de agua salada.

Entonces Cóoj entendió cuál había sido su último trabajo. Y supo el lugar exacto adonde iban él y su lanza. Con el agua a la cintura se inclinó sobre la última roca seca y la besó. Después le dio la espalda y siguió caminando hasta que su cuerpo gigantesco se hundió para siempre en el mar de sus lágrimas.

3

LA TIERRA HAMBRIENTA
Leyenda azteca

Cuando todavía no existía el mundo, los espíritus del decimotercer cielo oyeron los gritos desgarrados de una mujer que pedía comida. Quetzalcóatl y Tezcaltlipoca, hijos de los primeros dioses, buscaron con desesperación la manera de darle alimento para aplacar sus quejidos. Pero allí no había comida, sólo aire y vacío, y algo, allá abajo, profundo y transparente, que parecía agua. Se miraron frente a frente, casi enloquecidos por los gritos, incapaces de dar alimento a la mujer que tenía bocas repartidas por todo el cuerpo. Sus muñecas, sus tobillos, sus codos y sus rodillas eran fauces hambrientas, ávidas de comida, que mordían con ferocidad el aire.

Los hijos de Tonacatecuthli, el primer dios, y su mujer Tonacacihuatl, la primera diosa, pensaron que tal vez, allá lejos, en el agua, la mujer encontraría alimento para su apetito voraz. La tomaron de los brazos y la arrastraron hacia abajo por el aire hasta que se sumergió en el agua. Pero al poco tiempo la mujer salió a la superficie y siguió gritando. Al verla caminar sobre las aguas, Quetzalcóatl y Tezcatlipoca se transformaron en serpientes, se enroscaron en sus brazos y en sus piernas y tiraron de ella con fuerza para hundirla de nuevo en el agua. Tan fuerte tiró cada uno hacia su lado que la mujer se partió en dos. Quetzalcóatl y Tezcatlipoca tomaron una mitad y la llevaron al decimotercer cielo, a la casa de los espíritus para enseñarles lo que había pasado.

Tonacatecuthli y Tonacacihuatl se enfurecieron cuando vieron el daño que sus hijos le habían hecho a la mujer de apetito insaciable. Para enmendarlo, ordenaron a todos los espíritus del decimotercer cielo bajar a consolarla. Los dioses bajaron al agua y allí, desgarrada, la encontraron. De su piel hicieron hierba y flores; de su cabello, un bosque de árboles donde colgaban frutos; de sus ojos, lagos, pozos y estanques; de sus hombros, las montañas; de su nariz y sus mejillas, los valles.

De la mujer hambrienta, desgarrada, se formó la Tierra y todo lo que hay en ella. Pero sus bocas no han saciado el hambre. Sus bocas voraces se alimentan cuando alguien muere, cuando las flores se marchitan y los árboles se caen. Bebe cuando llueve. La única manera de apaciguar sus gritos es ofrecerle los corazones de los guerreros que mueren en batalla o la sangre de los que son sacrificados. Dicen que, en el silencio de las noches oscuras, todavía se escucha a la Tierra gritar pidiendo comida.

4

EL ORIGEN DEL PAÍS DE QUICHÉ

Leyenda maya (adaptación del Popol Vuh*)* *

Ésta es la primera palabra, el primer relato, porque antes no existían más que tinieblas, la calma suspendida en el silencio, el mar tranquilo y el aire. Nada erguido que tuviera forma o se moviese. Ningún cuerpo que se rozara con otro para emitir el menor sonido. El Creador, el Formador, Tepeu, Gucumatz y los Progenitores estaban en el agua, en medio de las tinieblas, ocultos bajo plumas verdes y azules. Por primera vez, Tepeu y Gucumatz hablaron y dieron origen a la palabra y al pensamiento. Pensaron y hablaron de la vida y de la luz hasta que amaneció.

De día crearon las montañas y los valles. El agua siguió su curso y bajó por las cañadas hasta el mar. Tomaron su lugar los genios del monte, los bosques frondosos y los animales. Venados, pájaros grandes y pequeños fueron creados y puestos en su lugar en el mundo. Cuando los dioses les ordenaron hablar en alabanza suya, cada uno según su especie, sólo los animales pudieron emitir ruidos y gritar y gorjear, pero fueron incapaces de pronunciar los nombres de los dioses para alabarlos. Ni Chipi Caculhá, el

---

* Los quichés son un pueblo indígena de origen maya que habita al oeste de Guatemala. Su civilización se desarrolló desde el siglo X hasta el XVI. Después de la conquista se escribieron en Guatemala y México obras literarias en lenguas indígenas, pero con caracteres latinos. Sus autores fueron clérigos que aprendieron la lengua quiché y aristócratas indígenas cristianizados durante la colonia. Uno de estos escritos es el *Popol Vuh*, cuyo título significa «libro de la soberanía».

Huracán, ni Raxa Caculhá, el Corazón del Cielo, ni tampoco el Corazón de la Tierra, ni el Creador, ni el Formador pudieron escuchar a los animales pronunciar sus nombres. Éstos sólo chillaban, cacareaban y graznaban de maneras diferentes.

Los dioses, defraudados, ordenaron a los animales ir a vivir a los barrancos y a los bosques para buscarse el alimento por sus propios medios, cazarse unos a otros, devorar y ser devorados, como castigo por no ser capaces de pronunciar sus nombres. Pero los dioses necesitaban seres que los honraran y decidieron crear a los hombres.

Entonces hicieron las primeras figuras de barro, blandas y sin fuerza. Sus cuerpos se caían hacia los lados y se deshacían en el agua. Los hombres de barro podían hablar, pero decían cosas sin sentido porque no tenían entendimiento. Entonces los dioses fundieron las figuras de barro en el agua y se fueron en busca de Ixpiyacoc y de Ixmucané, que eran los abuelos adivinos de los dioses. Ellos les aconsejaron hacer hombres con trozos de madera.

Los hombres de madera eran fuertes, podían hablar, reproducirse y, en poco tiempo, poblaron la Tierra. Sin embargo, andaban a gatas y eran resecos y amarillentos porque no tenían sangre que les corriera por la venas. Tampoco tenían alma ni entendimiento alguno. No recordaban el nombre del Creador y por eso fueron destruidos. El Corazón del Cielo les mandó una lluvia que duró días y noches. Y los animales y las cosas que les pertenecían se revelaron contra ellos.

Los perros les mordían la cara, las piedras de moler les molían los huesos. Los palos, las piedras y los animales los perseguían. Corrían a subirse sobre las casas y las casas los tiraban al suelo. Trepaban a los árboles y las ramas los lanzaban lejos. Buscaban refugio en las cavernas y la montaña se cerraba a su paso. Ésa fue la ruina de los hombres de madera. Su descendencia son los monos que viven en los bosques. Por eso los monos se parecen a los hombres.

Los dioses se reunieron entonces para decidir cuál debía ser la sustancia adecuada para construir a los hombres. Cuatro animales hablaron de la preciosa savia: el gato de monte, la cotorra, el cuervo y el coyote enseñaron a los dioses las mazorcas amarillas y las mazorcas blancas. El jugo del maíz fue introducido en la carne del hombre y así se formaron sus músculos y la grasa de su cuerpo. Después, a través de las palabras del Creador, los verdaderos hombres cobraron vida y fueron conducidos por los cuatro animales sagrados al lugar donde crecían las mazorcas y el cacao. Había árboles de zapote, anones y miel. Todos los frutos, todos los animales y todas las plantas esperaban a los hombres en el país de Quiché.

5

EL HIJO DE OBA

Leyenda cuna*

En un palacio brillante edificado en las alturas del firmamento vivía Oba, un dios hermoso y enamoradizo que gobernaba sobre todas las cosas. Le gustaba vivir rodeado de mujeres que admiraran su belleza y que compitieran por él. Sólo una, la más hermosa de cuantas habitaban en su reino, logró conquistar su corazón. Y le dio un hijo. Un niño sano, fuerte y hermoso, que irradiaba luz y que crecía jugando en los jardines del cielo.

Nadie sabe qué pasó después entre Oba y la madre de su hijo. Dicen que ella cometió una falta imperdonable y que el dios, en un arranque de locura, la castigó con el más terrible de los castigos. Le arrebató al pequeño, lo convirtió en un pez y lo lanzó al río que regaba los jardines de su palacio del cielo.

Entre los demás peces no fue bienvenido, lo trataban como a un extraño y no dejaban pasar una sola oportunidad para hacerle la vida difícil. Un día un cardumen de peces enormes se abalanzó sobre él. Lo arrastraron a empujones por el agua y lo llevaron a un lugar donde brotaba agua hirviendo de la tierra. Sus gemidos de dolor conmovieron el corazón de Oba. El dios lo sacó de allí, le devolvió su cuerpo de niño y lo llevó de nuevo al

---

* Los cunas son indígenas que habitan la frontera entre Panamá y Colombia. Descienden de tribus indígenas que vivían en las costa caribeña de los dos países.

palacio. El niño se hizo grande, hermoso y arrogante, y su padre, orgulloso, decidió inventarse un mundo donde su niño brillante fuera rey.

Primero dibujó el cielo, un lugar inmenso y azul donde su hijo viviría dominando el universo. Después hizo venir dos aves laboriosas, el perico ligero y la perdiz. Les ordenó que tomaran trozos de barro con sus picos y les indicó el lugar exacto del universo donde debían irlos juntando para que poco a poco se fuera formando el nuevo mundo. A continuación llamó al picaflor y le ordenó recorrer todo el mundo en el mismo tiempo que tardara en caer la saliva divina que Oba lanzó a la tierra para crear el agua.

Cuando el cielo y la tierra estuvieron formados, Oba trajo a su hijo Sol y le dio la misión de alumbrar y dar color al mundo que había sido creado para él. Para que pudiera descansar, creó una ayudante de genero femenino: la Luna. Sin embargo, el joven rey, entusiasmado con ser el gobernante de todas las cosas, no prestó mucha atención a la luna.

Oba siguió impartiendo órdenes a los vientos y a las lluvias para que atenuaran el calor de sus rayos. Pobló el cielo de nubes de colores y fabricó gusanitos de luz para que alumbraran las noches oscuras. Hizo las plantas, les dio tallos, hojas y flores aromáticas que crecieron y se multiplicaron sobre la tierra.

Después formó los ríos y, cuando vio sus aguas corriendo agitadas, quiso darles un destino para que supieran dónde terminar su camino. En ese lugar plantó un árbol pequeño, que fue creciendo más y más, hasta hacerse tan grande que sus ramas tocaron el firmamento, en los dominios donde habitaba el hijo de Oba. El Sol, indignado, hizo venir dos pequeñas ardillas para que lo derribaran.

Después de muchos días de asestar sus mordiscos diminutos en el tronco inmenso, las ardillas, agotadas, terminaron su labor y, como premio, recibieron la facultad de poder permanecer erguidas sobre sus patas traseras para distinguir desde lejos los frutos comestibles de los árboles y ayudarse con sus dos manitas para comerlos. El árbol se desplomó y era tan largo que su tronco detuvo el agua que venía corriendo por los ríos y formó un inmenso lago del que sólo se veía una orilla.

Con las astillas que saltaron, el Sol fabricó seres que eran capaces de vivir en el agua y en la tierra: los lagartos, las tortugas y las iguanas. Y para que ningún otro árbol tuviera la arrogancia de ése que cayó, trajo a vivir en ellos gavilanes, monos y hormigas que, para alimentarse, fueran mermando la savia, las hojas y los frutos.

Entonces Oba se quedó mirando el gran lago desde la orilla. Maravillado con su inmensidad, decidió poblar el fondo con plantas, peces, corales y conchas. Desató en su interior corrientes cálidas y también aguas heladas y las pintó de todos los colores que se puedan imaginar, desde el verde hasta el azul. El mar, agradecido, se puso a bailar y desde entonces hace sonar un murmullo que calma el corazón de quien lo escucha.

Después, el Sol pensó que hacían falta unos seres que pudieran disfrutar del mundo que él había creado. Y sólo bastó su deseo para que aparecieran hombres y mujeres. Pero no quiso entregarles el regalo del fuego. Se lo dio a los jaguares para que lo guardaran. En un descuido, la sabandija robó un tizón y lo llevó al bosque. Entonces, los árboles ardieron y conocieron el secreto del fuego que, de este modo, fue entregado a los hombres.

Todo estaba hecho. El Sol había completado su obra y volvió al cielo a contemplarla y a darle calor. Pero se aburría sin tener qué hacer. Entonces se acordó de la Luna y tuvo el deseo de ir a buscarla. Pero la Luna escapaba siempre que el primer rayo de sol aparecía en el horizonte. De tanto buscar sin encontrarla, de tanto imaginar el tacto de su piel de plata, el Sol se fue enamorando y ya no podía vivir sin perseguirla.

Hasta que un día se encontraron. La Luna, rendida de amor, cayó entre sus brazos y debido al calor de sus rayos ardió el velo que le cubría la cara de nácar. Se fundieron en un abrazo que duró sólo unos minutos. Después, cada uno tuvo que emprender de nuevo su camino por el cielo. Y así viven desde entonces, caminando separados, pensando en el momento de volver a estar juntos. Raras veces se encuentran y, cuando sucede, el encuentro dura sólo unos instantes, pero es tan hondo su amor, tan apasionado su abrazo, que se olvidan de todo. El cielo se oscurece y, por unos momentos, ninguno de los dos ilumina el mundo.

6

EL DIOS MENDIGO

Leyenda inca*

Cuniraya Huiracocha era el dios del campo; su deseo bastaba para preparar la tierra para el cultivo, reparar las terrazas y encauzar las acequias. Había creado el mundo en el lago Titicaca y a los hombres en la región de Tiahuanaco. Desde allí los había enviado a todos los lugares del mundo para que ellos y sus descendientes formaran todas las tribus que poblarían la tierra. Mucho tiempo después, el dios del agua fue a visitarlos vestido de mendigo, pero los hombres no lo reconocieron, se burlaron de sus ropas y lo trataron de loco.

En aquel tiempo, vivía en la Tierra Cahuillaca, una diosa tan hermosa que encendía el deseo de todos los huacas. Pasaba las horas sentada, tejiendo a la sombra de un enorme árbol llamado lúcumo. Al lugar se acercaban ansiosos pretendientes que ella, uno a uno, iba rechazando. Cuniraya la observó desde lejos y, para no correr la misma suerte que los otros, se transformó en un pájaro. Llegó volando y se posó en una de las ramas del árbol. En una de las frutas del lúcumo puso su semen y la hizo caer al lado de la diosa para que la comiera. Así, Cahuillaca engendró un hijo sin haber tenido jamás un amante.

---

* El Titicaca es el lago navegable más alto del mundo, a 3.803 metros sobre el nivel del mar. Posee una superficie aproximada de 8.100 km², una longitud de 194 kilómetros y su ancho promedio de 65 kilómetros. Este lago alberga una extraordinaria fauna compuesta por panhuanos, patos y peces como el suche, el capache y la trucha.

Cuando el niño nació, Cahuillaca lo recibió con alegría y durante el primer año se dedicó a cuidarlo sin preguntarse cómo había venido. Pero un día quiso saber quién era el padre de su criatura y convocó a los huacas que la pretendían para preguntarles cuál de ellos había engendrado a su hijo. Los huacas acudieron a la cita entusiasmados pensando que tal vez Cahuillaca los elegiría. Todos vestían con sus mejores trajes, menos uno, que andaba sucio y cubierto de harapos. Cuando los tuvo delante, Cahuillaca hizo que se sentasen en círculo y a cada uno le fue preguntando si reconocía al niño que ella llevaba en brazos. A su turno, cada uno le respondió que no. Sólo quedaba el mendigo, pero era tan pobre, tan poca cosa, que a la diosa ni siquiera se le ocurrió formularle la pregunta.

Al terminar la ronda, la madre, que seguía sin respuesta, decidió poner al niño en el suelo para que el instinto del crío lo llevara a gatas hacia su padre. El pequeño no tuvo ninguna duda. Una vez que sus piernas tocaron el suelo, se fue directamente al encuentro del mendigo. Cahuillaca miraba cada vez más asustada el final del camino recto que recorría su hijo y, cuando lo vio en brazos de su padre, se lo arrebató y huyó horrorizada por haber dado a luz al hijo de un ser miserable. Corrió como loca, con el niño en brazos, para lanzarse al mar con él. Al verla, Cuniraya Huiracocha transformó sus harapos en un vestido de oro y la siguió. Estaba seguro de que cuando la diosa se diera la vuelta y lo viera, lo amaría. Pero no pudo alcanzarla y, por más que le gritó, ella siguió corriendo sin mirar atrás y no vio a Huiracocha, envuelto en su manto de oro reluciente.

Cahuillaca fue ganando distancia y Cuniraya acabó por perderle el rastro. Buscándola, encontró al cóndor y le preguntó por ella. El cóndor le dijo que no andaba muy lejos y el dios de la tierra, agradecido, le dio la facultad de volar muy alto y alimentarse de todos los animales una vez hubieran muerto. Además, le dijo que quien se atreviera a matarlo moriría también.

Después, se topó con el zorrillo y cuando le preguntó por la bella Cahuillaca, el animal le contestó que sus pasos ya la llevaban lejos y que jamás le daría alcance. El dios de la tierra, enfurecido, lo condenó a andar sólo en las tinieblas de la noche y a ser odiado por los hombres por apestar terriblemente.

El puma, en cambio, le dio buenas noticias. Dijo que la diosa andaba cerca y que le faltaba poco para encontrarla. Cuniraya le premió anunciándole que los hombres le adorarían y que cada año celebrarían una fiesta. El dios dijo al puma:

—En esa fiesta se bailará y se sacrificará en tu honor una llama de las que los hombres habían domesticado. Ése será tu alimento.

Y siguió su camino.

A los loros, que no le dieron esperanzas, los condenó a vivir gritando y huyendo de los hombres, que los perseguirían y los odiarían por robar sus frutos. Al halcón, que le aseguró que ya faltaba poco para encontrar a la hermosa Cahuillaca, el dios le dijo que tendría suerte, que comería picaflores vivos y que sería adorado por los hombres, al igual que el puma. «El hombre que te mate, llorará tu muerte y bailará llevándote sobre su cabeza para no olvidarte nunca».

Así llegó hasta el mar, maldiciendo a los portadores de malas noticias y augurando buen porvenir a quien le daba esperanzas. Pero cuando llegó a la orilla, vio que había tardado demasiado. Cahuillaca se había tirado al agua y su cuerpo y el de su hijo habían quedado petrificados, convertidos en dos islotes que sobresalían de la superficie, muy cerca de la playa. Huiracocha, entristecido, se despojó de su manto de oro y con él se hizo una barca. El báculo que llevaba en la mano le sirvió de remo para alejarse de la playa hasta desaparecer.

Dicen que un día, en otro tiempo, cuando el Sol deje de brillar en el imperio, Cuniraya Huiracocha volverá para ser el dios de los hombres que están por nacer.

7

Bachué sobre las aguas
Leyenda chibcha*

Alrededor de la laguna de Iguaque, en lo alto de la montaña, no había nada más que el suelo árido. Nada cubría las cumbres de los montes, nada frenaba los azotes del viento sobre la tierra, desierta de árboles, plantas y hombres.

Pero una mañana, la tibieza de los rayos del sol acarició la piel del agua, se dispersó la niebla que flotaba en el aire y un millón de pájaros vino volando y se pusieron a cantar. Una fina hierba se extendió sobre el suelo y en ella brotaron plantas y flores de muchos colores. Era el anuncio de que algo bueno estaba por llegar.

En medio de la laguna, una mujer salió a la superficie y empezó a andar sobre las aguas. Era Bachué, una joven muy hermosa. Llevaba en brazos a un niño de tres años, enviado por los dioses. Bachué caminó con el niño hasta el borde de la laguna, alcanzó la orilla y, por primera vez, un ser humano pisó el mundo.

La mujer construyó un refugio para vivir con el pequeño y, durante años, lo alimentó y cuidó. El niño se hizo hombre, se casó con Bachué y, juntos, comenzaron a caminar y a poblar la Tierra con los hijos que tenían.

---

* Los chibchas son un grupo indígena que habitó la zona central de los Andes colombianos. Rendían culto al Sol y a la Luna y eran famosos tanto por la belleza de su orfebrería como por la minas de sal de su territorio.

Cuatro o cinco niños nacían cada vez que Bachué daba a luz. Bachué enseñó a sus hijos cómo vivir en la Tierra: cómo procurarse alimento, construir viviendas, tejer y vivir en armonía, los unos con otros, en medio de la naturaleza.

Pero un día la madre de todos los hombres sintió que sus fuerzas se terminaban. Su cuerpo, agotado de andar y andar, necesitaba reposo. Ella y su hombre se miraron a los ojos y se vieron cansados y envejecidos. Se tomaron de la mano y caminaron despacio hasta la orilla de la laguna, en el mismo lugar por el que llegaron al mundo y allí mismo se tiraron. Cuando sus cuerpos tocaron el agua, se convirtieron en serpientes, que nadaron veloces hasta el fondo.

Desde entonces, los chibchas adoraron a la serpiente sagrada de la laguna de Iguaque, le llevaron ofrendas y le rezaron plegarias para implorar gracia, perdón o sabiduría. Dicen que todavía, de tanto en tanto, una serpiente se desliza con suavidad sobre el agua. Es Bachué, que vuelve para que los hombres no olviden lo que un día les enseñó.

8

El mundo de Huiracocha

Leyenda inca

El mundo estaba a oscuras. Huiracocha todavía no había puesto el Sol en el cielo. Sentado en la orilla del lago Titicaca, en Tiwanaku, tomaba piedras del suelo y las tallaba con las primeras formas de hombres y mujeres. A cada figura que terminaba la ponía en un lugar preciso de la Tierra y le daba un nombre. Entonces, las piedras talladas cobraban vida. Empezaban a moverse en la oscuridad, donde la única luz que brillaba era de Titi, el jaguar sagrado que vivía en la cima del mundo.

Pero los primeros hombres no tenían entendimiento. Eran salvajes y se movían con gran torpeza entre las tinieblas. Huiracocha, muy descontento, los convirtió de nuevo en piedras inanimadas que dejó sobre la tierra. Después levantó la mano y marcó un camino en el cielo para que el Sol se echara a andar iluminando la tierra de día. Ordenó a la Luna a seguir la misma ruta que el Sol cuando llegara la noche acompañada de miles y miles de estrellas.

Una vez que hubo luz en el mundo, Huiracocha tomó de nuevo las piedras con las que había creado a los hombres, las talló y les dio vida. Las figuras más grandes serían las gobernantes; las demás, los hombres que formarían los pueblos. También talló muchas piedras con la forma de mujeres embarazadas y otras que venían con sus niños en brazos. Dio a todas un nombre y les infundió vida.

Después, Huiracocha se alejó de Tiwanaku y caminó hacia Cacha, al norte, para reunirse allí con los nuevos hombres que acababan de despertar a la vida. A sus ayudantes, Imaimana Huiracocha y Tocapu Huiracocha, les indicó el rumbo que debían tomar. Uno iría hacia el este y el otro hacia el oeste. Les dijo que cada uno, en su camino, debía dar nombre y vida a todas las plantas y a todos los animales que fueran apareciendo sobre la faz de la Tierra. Los dos tomaron camino en direcciones opuestas buscando el mar, en el que deberían desaparecer una vez cumplida la labor que el dios de la tierra les había encomendado.

Cuando Huiracocha llegó a Cacha, esperó a que los hombres vinieran, como él les había ordenado. Pero los hombres estaban entretenidos y no acudieron a su encuentro. Entristecido por la soledad y furioso por la desobediencia de sus hijos, el dios creador mandó caer sobre ellos una implacable lluvia de fuego que salía de las entrañas de la tierra y saltaba desde las cumbres de las altas montañas. Las llamas arrasaron todo lo que encontraron a su paso. Los animales, los árboles y los lechos de los ríos quedaron convertidos en cenizas. El suelo se convirtió en una enorme mancha negra sin vida. Los hombres y las mujeres que habían nacido de las piedras, espantados por el poder de su creador y arrepentidos de no haber atendido sus órdenes, se dirigieron al norte, a Cacha, donde les esperaba.

Con todos los hombres reunidos en torno suyo, Huiracocha emprendió el camino que los llevaría a Qosqo, en el centro del mundo, donde estableció su primer reinado. Allí entregó a un hombre el mando de la primera ciudad y capital del Primer Imperio que dominaron los hombres. Allca Visa fue el primer gobernante designado por Huiracocha para iniciar la larga y poderosa estirpe de los incas.

La arquitectura de los incas

Las altas pirámides, las ricas esculturas de la antigua Centroamérica o los austeros edificios de los incas fueron construidos por civilizaciones que no tenían herramientas de hierro ni conocían la rueda.

Debido a estas limitaciones, las proezas arquitectónicas y de ingeniería son sin duda fascinantes. Los incas eran habilidosos constructores de caminos: al igual que las calzadas romanas, sus carreteras eran rectas y atravesaban todo obstáculo físico que se interpusiera. Es decir, traspasaban montañas en vez de rodearlas, aunque esto implicase más tiempo. En las llanuras, y según los conquistadores, los caminos eran muy amplios: podían ir por ellos hasta ocho hombres a caballo cabalgando uno al lado del otro. En las zonas de mayor calor, los canales que fluían a los laterales abastecían suficiente agua como para que creciesen árboles que proporcionarían una agradable sombra para el que atravesase el lugar. En las zonas desérticas, donde la tierra siempre amenazaba con hacer desaparecer los delimitados caminos, erguían postes para marcar el terreno y poder seguir adelante sin confundir el trayecto. La red de caminos del territorio abarcaba unos 16.000 kilómetros de amplitud.

La arquitectura inca es aún más impresionante, a pesar de que apenas conocemos las técnicas exactas que emplearon para construir. No utilizaban mortero para adosar las enormes piedras que se iban uniendo en las construcciones —se cree que dichas piedras recibían corte y forma con herramientas hechas de piedra más dura—. Las paredes permanecen intactas porque las grandes piedras se encajaban con gran perfección. Para que el muro fuese todavía más fuerte, las aberturas como las ventanas o puertas recibían una forma trapezoidal, con inclinaciones interiores en los lados verticales, para desplazar el peso hacia abajo. Eran tan fuertes que cuando los terremotos arrasaron la zona de Cuzco, a pesar de que las construcciones coloniales se vinieron abajo, los muros incas se tambalearon un poco y volvieron a colocarse en la misma posición original.

No emplearon ruedas, ni carretas ni animales de tiro, sólo la fuerza de las personas que ayudaron en su construcción. Se dice que unas 30.000 personas contribuyeron a levantar los fuertes de Sacsayhauman, en la capital inca de Cuzco. Construida con piedras que pesaban hasta 125 toneladas cada una de ellas, irguieron el fuerte a orillas de un río que, a su vez, estaba controlado por un sistema de canalización y conductos de piedra que abastecía la ciudad.

En el campo, los canales de irrigación cubrían grandes distancias, de forma que el agua fluía por los acueductos a través de barrancos y túneles que atravesaban las montañas.

9

Un vestido de plumas
Leyenda emberá*

El universo estaba desolado. No había nada que detuviera el paso del viento furioso que corría sobre la tierra desnuda. Entonces, un día los viejos dueños del mundo de arriba enviaron a través del viento las esencias de todo lo que existía en el cielo, para que la Tierra se poblara de vida. Desde las alturas, los dioses lanzaron un polvo muy fino que fue por la fuerza de un ventarrón que recorrió el mundo. De la tierra yerma comenzaron a brotar plantas y árboles floridos cargados de frutos.

Al ver que la Tierra estaba llena de vida, los viejos espíritus hicieron venir al cóndor, el mensajero de los dioses, y lo enviaron a la Tierra llevando un pequeño huevo blanco colgado de su cuello. El huevo cayó al suelo y, al estrellarse con la tierra, formó un hueco enorme que se llenó de agua. Fue la primera laguna, donde nacieron todos los animales que nadan, los que corren, los que se arrastran por el suelo y los que vuelan por el aire.

Después, los ancianos tomaron un totumo donde guardaban la esencia preciosa de la vida y dejaron caer una gota sobre el pétalo de una flor de chontaduro. Al contacto de la gota con el pétalo se formó el primer hombre, que se llamaba Jiti. El hombre empezó a andar por el mundo florido,

---

* Los emberá habitan en las selvas del actual departamento de Chocó, al oeste de Colombia. En su mitología, la figura del cóndor está cargada de simbolismo. Es el mensajero de los dioses y el augur de las eras que marcan las edades de la tierra. Es testigo de la nada primitiva y, sobre todo, protagonista de la creación.

pero se sentía solo. Los dioses, conmovidos por su tristeza, dejaron caer a sus pies otra gota de la esencia divina. Cuando Jiti la tocó con su dedo, apareció la primera mujer.

Ambos caminaron juntos por la Tierra. Comían los frutos de los árboles, bebían el agua de los ríos y tenían todo el tiempo para amarse. Pero un día, la mujer no despertó. Jiti le acarició las manos, le besó la cabeza y le susurró al oído hasta que comprendió que estaba muerta. El primer hombre estuvo a punto de morir de tristeza, pero los animales de la noche vinieron a acompañarle y a compartir su pena. Fueron ellos los que le contaron que en el lugar donde su mujer dormía habían visto volar a un cóndor que llevaba una piedra blanca en el cuello.

Desde entonces, Jiti vivía persiguiendo al cóndor para robarle la piedra blanca y descubrir el secreto de la muerte de su mujer. Mientras lo buscaba iba cazando animales con una cerbatana que se había fabricado. Así fue como mató al jaguar. Una vez muerto, Jiti le robó las pupilas, las molió y con ese polvo se frotó los ojos para poder ver a los cóndores cuando bajaban a la orilla del mar a comerse las lenguas y los ojos de los animales muertos, y cuando se quitaban sus vestidos de plumas para bañarse en el agua.

Un día Jiti se escondió en la orilla, entre las hojas de un matorral, y esperó a que viniera la bandada de cóndores a bañarse. Las aves se despojaron de sus ropajes y el hombre pudo ver que algunas tenían cuerpo de mujer. Cuando se sumergieron en el agua, Jiti salió sigiloso de su escondite, le robó el vestido a una de las hembras y volvió a adentrarse en la espesura. Desde ahí oyó el alboroto de las aves buscando el vestido que faltaba y aprovechó la confusión para espantar a los cóndores que salieron volando. Todos, menos la hembra desnuda que había perdido su vestido. Se quedó sola llorando en el agua y entonces el hombre se acercó lentamente para consolarla.

—¿Por qué lloras? —preguntó Jiti con dulzura.

—Dejé mi vestido en la orilla y cuando volví a buscarlo ya no estaba.

—¿De qué color era?

—Negro, como el de los otros.

—Ven conmigo, vamos a buscar tu vestido.

Buscando el vestido fueron juntos a visitar al gallinazo, al águila, al papagayo, a la cigüeña y al rey gavilán. Pero ninguno pudo darles pistas sobre el paradero del vestido y las plumas que le dieron para que se vistiera le quedaban demasiado cortas, o demasiado largas, o demasiado coloridas, y nunca pudo alzar el vuelo, alcanzar las nubes y volver a su casa del cielo. Y en la Tierra nadie le daba razón de su vestido.

Jiti y el cóndor hembra desconfiaban uno del otro. Ella pensaba que el hombre sabía dónde estaban sus plumas y él imaginaba que ella guardaba el secreto de la muerte de la primera mujer. Pero aun así se necesitaban el uno al otro. Siguieron juntos y al cabo de un tiempo tuvieron dos hijos. La mujer cóndor se dedicó a cuidar de los pequeños y un día, sin darse cuenta, dejó de pensar en su vestido de plumas negras. Pero, una mañana que caminaba con ellos, lo encontró colgado de una rama. Se fue corriendo a la choza a contárselo a Jiti y por el camino iba recogiendo plumas de gallinazo.

Entró contenta en la casa, despertó a su hombre y mientras le contaba que había encontrado el vestido le iba clavando en el cuerpo las plumas de gallinazo para que él también pudiera volar y viniera con ella y los pequeños a su casa del cielo. Cuando terminó de vestir a Jiti con su traje negro de gallinazo, lo llevó hasta la copa del árbol más alto de la selva para que se echara a volar y el viento lo arrastrara al otro mundo. El hombre extendió los brazos y se lanzó, pero el aire no pudo soportar su peso y cayó al suelo. La madre, con sus dos crías a cuestas, fue volando al lugar donde había caído Jiti para decirle que se marchaba con sus hijos, pero que un día regresaría por él.

Jiti estaba otra vez solo y triste. Los cóndores lo habían abandonado moribundo y pensó que nunca más los volvería a ver. Pero al día siguiente, un ave negra como la noche vino del cielo y comenzó a volar en círculos sobre su cuerpo tendido. Era la mujer cóndor, que volvía para cumplir su promesa de llevarlo con ella. Mientras volaban al mundo de arriba, el cóndor le iba diciendo al hombre que mantuviera los ojos fijos en el cielo porque si por un momento su mirada se perdía y se dirigía al suelo sería tragado para siempre por la tierra.

10

Cuando empezó el mundo

Leyenda sikuani*

No había nada en el mundo, sólo la tierra desierta y tres huevos en el centro. De repente, uno de los huevos se abrió y salió una mujer anciana con un niño en los brazos. El pequeño no era hijo suyo, pero ella lo crió como si fuera su nieto. Le daba de comer y lo limpiaba, y el agua en la que el niño se bañaba se convertía en almidón. Por eso, la vieja supo que ese niño era especial.

El pequeño fue creciendo y, un día, cuando el pelo de la abuela se había cubierto de canas, le dijo que iba a emprender un largo viaje sobre la superficie de la Tierra para saber hasta dónde llegaba. Ella debía quedarse y, cuando oyera un ruido, sabría que él había llegado al fin del mundo. Entonces debía esperar a que volviera. Y cuando escuchara la tierra sonar de nuevo, sabría que ya estaba de vuelta.

Pasó mucho tiempo antes de que la abuela oyera el primer ruido de la Tierra. Pero cuando sonó, supo que el niño ya conocía el mundo. Entonces se puso a esperar a que la Tierra sonara por segunda vez. Cuando el muchacho regresó había pasado tanto tiempo que ya no era un niño, sino un hombre grande y fuerte que sabía leer los pensamientos de la gente y conocía

---

* Los sikuani habitan todavía en la región oriental de la Amazonia colombiana. Viven en estrecha relación con la naturaleza y su mitología se refiere a un pasado común en el que los hombres y los animales eran parientes y hablaban el mismo idioma. Habitaban juntos la tierra y compartían por igual la difícil tarea de procurarse alimento.

el futuro. Por eso llegó en el momento en que los huevos comenzaron a abrirse.

Cuando acabó de romperse el primer huevo, del que habían salido el niño y la anciana, salieron todos los animales diminutos, esos que son tan pequeños que nadie sabe dónde se esconden. Se esparcieron por el mundo, se hicieron invisibles y, con el tiempo, los hombres los han ido descubriendo de nuevo. Salió toda el agua y el gran río salado donde van a morir todos los otros ríos de agua dulce. Salió la serpiente Tsawaliwali y también peces grandes y tortugas y caimanes y anacondas y todos los seres que habitan en el agua.

El segundo huevo se abrió para dar origen a los que tendrían que habitar en la superficie de la Tierra. El futuro tapir, el futuro capibara, el futuro zaíno y todos los animales de caza. El jaguar, el venado, los cerdos, las reses, los caballos y el paují y los que andan en la noche, la paca y el mono y los que se meten debajo de la tierra, el armadillo y el topo. Del tercer huevo salieron los grandes animales que vuelan, todos persiguiendo al buitre. También los árboles inmensos que darían forma a las selvas.

Cuando todas las cosas estuvieron sobre el mundo, el niño-hombre se quedó quieto, observando, hasta que sus pies comenzaron a echar raíces. Creció y creció, y los brazos se le convirtieron en ramas tan altas que llegaron a tocar el cielo. Y tanto se extendieron hacia los lados que cubrieron la tierra y formaron la selva. Era Kaliawiri, el árbol del que nacieron todos los frutos. Bajo sus ramas, en el suelo, vivían el jaguar, el oso hormiguero, la paca y el mono de noche. Y por aquel tiempo todos se entendían porque hablaban la misma lengua.

Bajo las ramas de Kaliawiri también vivían dos que eran más listos que los demás y que todavía no tenían nombre. Eran el futuro Tsamaní y el futuro Liwanái, que evolucionaron y llegaron a ser muy hábiles. Caminaban, corrían y pensaban, mientras que los demás sólo sabían comer y dormir. Ellos descubrieron los secretos de la comida, aprendieron a fabricar balsas amarrando troncos de palma de maguey para cruzar el río. Aprendieron a negociar con otras gentes para conseguir cosas que no tenían. Así, obtuvieron herramientas metálicas y pudieron cortar árboles y limpiar la selva para sembrar yuca, plátano, caña y chontaduro.

Los descendientes de Tsamaní y Liwanái fueron quienes lograron recuperar las siembras después de que la gran inundación acabara con todos los frutos del árbol de Kaliawiri. Descubrieron el secreto del fuego y aprendieron a comer alimentos cocidos.

Pasó mucho tiempo, y un día se dividieron los hombres y los animales, cada uno con su propia lengua. El día que se separaron, tomaron caminos que nunca más volvieron a encontrarse.

Leyendas de dioses y hombres

11

Iasá y el arco iris
Leyenda casihuana*

Los hombres de la tribu habían dejado de luchar por el amor de Iasá. Habían corrido riesgos increíbles para demostrar su valentía, se habían batido en luchas sangrientas para demostrar su fiereza, le habían traído regalos espléndidos para demostrar su generosidad, pero los esfuerzos habían sido vanos. Nada de lo que hicieron había impresionado a Iasá. Ella, la muchacha más hermosa de la tribu, amaba desde niña a Tupá, hijo del dios supremo Tupán, que habitaba con su padre en las alturas.

Sin embargo, Anhangá no se daba por vencido. Anhangá no era un hombre, sino un demonio maligno y envidioso que, como los otros, se había enamorado de Iasá. El demonio ideó un método infalible para conseguir a la muchacha. Fue en busca de la madre de la muchacha y le juró que si impedía la boda entre Iasá y Tupá y hacía que la muchacha lo siguiera a él al infierno, tendría caza y pesca en abundancia durante toda la vida.

La madre se lo pensó mucho, la vida sería mucho más amable sin la preocupación cotidiana de conseguir alimento. Entonces llamó a su hija y le prohibió que volviera a ver a Tupá. Le dijo que tendría que casarse con Anhangá y vivir con él para que no les faltara comida. Iasá, que sabía que si se casaba con el demonio tendría que seguirlo a los infiernos y ya nunca podría subir al

---
* Pueblo indígena del sur de Brasil.

cielo para ver a su amado Tupá, lloró y suplicó con todas sus fuerzas; pero no pudo eludir el compromiso que su madre había pactado con Anhangá.

Al final, Iasá se resignó a su suerte a cambio de que Anhangá le permitiera ir al cielo por última vez a despedirse de su amor. El demonio accedió a regañadientes, pero le impuso una condición: antes de partir, Iasá debía hacerse una herida en el brazo y dejarla sangrar para que las gotas de sangre fueran marcando el camino. Así él podría seguirla si tardaba demasiado.

Iasá echó a andar por el aire con los brazos en cruz y fue dibujando un inmenso arco rojo en el camino. Tupá lo vio desde arriba y ordenó a los dioses del sol, del mar y del cielo que acompañaran a Iasá y que dibujaran otros arcos en el cielo para confundir sus huellas y despistar a Anhangá. Guaracy, el Sol, trazó un arco amarillo. Iuaca, el cielo, pintó un arco azul pálido y Pará, el mar, un arco azul oscuro como sus aguas profundas.

Iasá siguió andando, pero su paso se hizo cada vez más lento. Su cuerpo ligero se encontraba muy débil por la sangre derramada y, en un momento, sus fuerzas se extinguieron y cayó despacio como una pluma sobre una playa desierta. Su sangre se fundió con el arco amarillo que había dibujado Guaracy y se formó un arco anaranjado. Después, se mezcló con el dibujo azul claro de Iuaca y se formó el violeta.

Cuando Iasá cayó al suelo, Pará y Guaracy vinieron a acompañarla, pero no pudieron salvar su vida. Iasá murió allí mismo en la playa y nunca vio a Tupá. Jamás llegó a casarse con Anhangá. Guaracy vertió lágrimas amarillas que se fundieron en las aguas azul profundo de Pará y que subieron al cielo dibujando el arco verde.

Dicen que la lluvia es el llanto de Tupá, que no encuentra cura para el dolor de haber perdido a Iasá. Si después de la lluvia aparece el arco iris, es porque Tupá dibuja en el cielo el camino que su amada emprendió por última vez para llegar hasta él.

12

Palayg, dios de las tormentas
*Leyenda guambiana**

Arriba del aire, en las alturas, vive Palayg. Su casa no tiene techo y el suelo está hecho de nubes blancas que viajan por el cielo. Palayg es un viejo venerable que habita en la tranquilidad del firmamento y casi siempre está acostado, mirando hacia arriba, al Sol cuando es de día, a la Luna y las estrellas cuando anochece. Así pasa las horas, viajando por los aires sobre las nubes que arrastra el viento.

Pero a veces, las nubes se enfurecen y se pelean. Se ponen negras de ira y arremeten unas contra otras. Es tanta su violencia que cuando chocan entre sí caen trombas de agua desde el cielo. Entonces el viejo Palayg se queda sin casa. El suelo bajo sus pies se desvanece y para no caer tiene que saltar apoyando su bastón dorado de nube en nube, justo antes de que se estrellen y desaparezcan.

Cuando la tranquilidad abandona su casa de nubes blancas y Palayg tiene que levantarse del reposo y brincar como loco de aquí para allá, se pone furibundo. Su bastón dorado se ilumina a cada golpe sobre las nubes y se ve brillar por encima de la tierra como una larguísima vara de luz que va quemando a su paso todo lo que toca.

---

* Los guambianos habitan las partes altas de la cordillera Central de los Andes colombianos. Según esta tribu, el origen de la vida y la salud depende de la manera en que se relacionen con la Madre Tierra, que es generosa y condescendiente. A ella se rinde tributo cultivando y cosechando los campos. Del cielo les viene la lluvia o la sequía, el bienestar o la miseria.

Después, lanza un rugido que se oye hasta los últimos confines de los campos donde habitan los hombres. Es la voz de trueno del viejo Palayg, protestando enfurecido por la guerra sin sentido de las nubes, que desaparecen en un loco enfrentamiento y lo dejan sin un lugar desde donde poder mirar al infinito.

13

La casa de los muertos

Leyenda azteca*

Cuando la tierra y el cielo volvieron cada uno a su lugar, los dioses se preguntaron quiénes poblarían el mundo. Quetzalcóatl, dios del viento, viajó a la casa de los muertos en busca de huesos, insectos y gusanos para fabricar a los hombres nuevos.

Pidió prestados a Mictlantecuhtli, señor de los infiernos, unos cuantos huesos.

—¿Para qué los quieres?—preguntó el rey de los muertos.

—No hay hombres en el mundo —respondió Quetzalcóatl—. Usaré los huesos para fabricar a los hombres que han de poblar de nuevo la Tierra.

—Toma los que quieras —dijo el dios de la muerte—, te los dejo solo un rato. Luego me los devuelves.

Quetzalcóatl, que ya había escogido los huesos más bonitos que guardaba el señor del infierno, le respondió:

—Seguro que algunos volverán solos —y se marchó.

---

* La cultura de los aztecas había alcanzado un alto grado de desarrollo antes de la llegada de los conquistadores españoles. Su mitología era elaborada y compleja. Las narraciones hablan básicamente del origen de la tierra y del esplendor y la decadencia de las ciudades más importantes. Quetzalcóatl es quizá la divinidad más importante. Serpiente emplumada y dios del viento, es el creador de los hombres, maestro en el arte de trabajar las piedras preciosas y de cultivar la tierra.

Mictlantecuhtli se dio cuenta de que no volvería a ver jamás los huesos si el dios del viento los convertía en hombres vivos. Se sintió engañado y se arrepintió de haberle dado los huesos al dios del viento.

Entonces, hizo venir a sus espíritus y les ordenó cavar un hueco en el camino de Quetzalcóatl, para que tropezara y dejara caer los huesos. Quetzalcóatl, que andaba distraído buscando dónde macerar los huesos robados para sembrarlos y que nacieran hombres nuevos, no advirtió la trampa que los espíritus le habían tendido y tropezó. Perdió el sentido y los huesos se rompieron y quedaron desparramados por el suelo.

Cuando Quetzalcóatl despertó y vio los huesos rotos y su cuerpo lleno de heridas que sangraban, lloró. Una diosa vino en su ayuda. La Mujer Serpiente trató de dar consuelo al dios, que no paraba de llorar y de sangrar. Recogió las astillas de los huesos en un cuenco de jade. Las trituró y las mezcló con la sangre que salía de las heridas de Quetzalcóatl.

Los huesos amasados con la sangre comenzaron a germinar. Y los hombres y las mujeres nacieron de nuevo al mundo y poblaron la Tierra. Al verlos, los dioses se alegraron y exclamaron:

—¡Han nacido de nuevo los hombres! Pero los dioses hemos derramado sangre por ellos. Ahora ellos tendrán que sangrar por nosotros.

Desde entonces, los hombres deben honrar a los dioses con sacrificios humanos.

Los sacrificios humanos

Al igual que en muchas otras culturas de todo el mundo, muchos pueblos de la América precolombina realizaban sacrificios para honrar a sus dioses. Para ello, escogían animales o personas.

Para comprender el significado y el origen de esta macabra costumbre, debemos tener en cuenta que, para los pueblos de Centroamérica, la sangre era la esencia de la vida, la sustancia que daba fuerza al mundo. La sangre humana y la vida humana eran las mayores ofrendas que podían darse a los dioses que los habían creado. A cambio del regalo de la vida, los dioses esperaban que los humanos les ofreciesen sustento. En los mitos de los mayas, Tohil exigía de manera abierta y pública que se realizasen sacrificios humanos. Del mismo modo, los dioses de los aztecas habían ofrecido su sangre para crear a los primeros seres humanos, además de ofrecer sus vidas para que el Sol pudiese moverse a lo largo del cielo. Por ello y sabiendo que la sangre era el alimento de los dioses, los aztecas enviaron tamales (pastelitos de maíz) remojados con sangre, al conquistador Cortés cuando éste pisó suelo mexicano.

Así pues, ofrecer sangre era una forma de pagar la deuda que tenían los humanos con los dioses. En los rituales, se hacían sangrar diversas partes del cuerpo, incluyendo las espinillas, las rodillas, los codos, los lóbulos de las orejas, las lenguas y los penes. Para ello se utilizaban espinas de pastinaca, sílex, lancetas de hueso o de obsidiana y, en el centro de México, espinas de maguey. En las ceremonias mayas, la sangre que fluía del cuerpo iba por las cuerdas de los torniquetes, de ahí descendían por tiras de papel que iban a parar a grandes cuencos. Entonces, se quemaban los papeles impregnados de sangre y los penitentes (que tenían visiones debido a la pérdida de sangre) eran capaces de contemplar en la columna de humareda que se formaba a la Serpiente, además del rostro de la deidad o ancestro a quien se había donado tal ofrenda de sangre.

Sin embargo, las ceremonias en las que se sacrificaban personas también eran bastante comunes. Primero se administraban plantas narcóticas a las víctimas para que así no sintieran dolor y, después, se llevaba a cabo el ritual del sacrificio. Entre los aztecas y los toltecas, se extraía el corazón de la víctima, mientras que los mayas preferían decapitarlas. Pero, de entre todos los habitantes de Centroamérica, los aztecas son los que más fuertemente se han asociado con los ritos y sacrificios humanos, quizá debido al gran número de víctimas que necesitaban para llevar a cabo sus rituales. Según observadores españoles, en Tenochtitlán, la capital, se sacrificaban entre 20.000 y 50.000 personas al año. Generalmente, las víctimas eran los prisioneros de guerra.

14

La bebida espirituosa*
Leyenda azteca

Los dioses que miraban a la Tierra vieron que todos los humanos estaban tristes y quisieron poner remedio a su tristeza. Los hombres tendrían que estar alegres, sentir placer de vivir en el mundo y alabar a los dioses por ello. Entonces, Quetzalcóatl se transformó en viento y fue por los aires a buscar a Mayahuel, diosa virgen que guardaba el secreto de la alegría.

Pero Mayahuel no vivía sola. Una vieja diosa monstruosa, Tzitzimitl, lo custodiaba. Quetzalcóatl esperó paciente a que la vieja fuese vencida por el sueño y, cuando estuvo por fin dormida, el dios del viento habló a Mayahuel. La invitó a viajar por el aire para conocer el mundo. Mayahuel aceptó encantada. Y, sobre los hombros del dios del viento, voló y bajó del cielo.

Cuando la vieja Tiztzimitl despertó y vio que la diosa virgen que guardaba con tanto celo había desaparecido con el viento, se enfureció. Hizo venir a sus hijas, preparó una venganza y se fue con ellas a buscar a Quetzalcóatl y a la virgen. El dios del viento sintió la presencia de Tzitzimitl y

---

* El octli o pulque es una bebida obtenida de la sabia del maguey. Se han reconocido unos diecisiete tipos distintos de maguey, pero hay uno en especial llamado *agave Tequilana Weber azul*, que sólo crece en una comarca central de lo que hoy es el estado de Jalisco. Su savia es la que se utiliza para destilar el famoso tequila.

su corte de demonios y, para evitar el castigo, convirtió a Mayahuel en un árbol lleno de flores y él mismo se transformó en un sauce de quetzal.

La vieja reconoció a Mayahuel en el árbol de las flores y llamó a sus hijas endemoniadas para que se posaran en sus ramas y las partieran. El árbol florido se quebró. Tzitzimitl tomó la pulpa y la repartió entre sus hijas, que la comieron y luego tiraron las semillas. Después, volaron sobre el sauce de quetzal para posarse en él y romperlo también. Pero el sauce era fuerte y sus ramas no cedieron al peso de los demonios.

Cuando por fin se marcharon, Quetzalcóatl dejó de ser un sauce de quetzal y recuperó su forma original. Recogió del suelo las semillas del árbol de las flores que las hijas de Tzitzimitl habían escupido y las sembró en la tierra.

Las semillas germinaron y de su germen nació el maguey. Con la savia de la penca, el dios del viento fabricó una bebida que desde entonces toman los hombres para refrescarse, emborracharse y estar alegres por vivir en la tierra y poder honrar a los dioses.

15

LA PARTIDA DEL DIOS DEL VIENTO
Leyenda azteca

Los guardianes del templo no querían dejar pasar a un anciano que había venido a Tula, con un cuenco lleno de vino de agave para ofrecer al dios del viento. Pero el viejo insistió:

—Quetzalcóatl está enfermo, le traigo su medicina.

Los guardianes anunciaron a Quetzalcóatl la visita del hombre que llevaba un cuenco con un remedio para curar sus males.

—Que entre —dijo el dios del viento—; llevo muchos días esperándole.

Los guardianes, sin saberlo, abrieron las puertas del templo a Tezcaltlipoca, el brujo, quien, transformado mediante un sortilegio en un hombrecillo centenario y de aspecto inofensivo, se dirigió a Quetzalcóatl. Le hizo creer que era su abuelo, que venía para aliviarle el dolor y le animó a que bebiera de la medicina que llevaba en el cuenco.

Quetzalcóatl, agradecido, le contó de los dolores que aquejaban sus manos y sus pies. Le dijo que ya casi no podía moverse, que se sentía cansado y envejecido. El anciano volvió a animarle a que bebiera, que el remedio le llegaría primero a la cabeza y haría que su cuerpo se sintiera mejor.

—Después irá a tu corazón y llorarás. Pensarás en la muerte y desearás viajar a un lugar muy lejano donde el sol sube al cielo. Cuando vuelvas estarás sano, joven, como un niño —aseguró.

Quetzalcóatl tomó el cuenco de vino en sus manos.

—Sabe bien y calma el dolor, me siento mucho mejor —dijo mientras iba bebiendo.

—Otro trago —le animaba el anciano—, serás más fuerte cuanto más bebas.

Y así, el dios del Viento, se fue emborrachando más y más. Después echó a llorar. Descubrió que el brujo Tezcaltlipoca le había engañado. Enfurecido y borracho, Quetzalcóatl se dispuso a partir al lugar donde el Sol sube al cielo. Hizo venir a sus sirvientes y les ordenó prender fuego a los palacios y a los templos de la ciudad. Todos los tesoros de Tula quedaron calcinados o escondidos entre los escombros, en los riscos o en las cuevas. Los quetzales enjaulados escaparon y volaron delante del dios del viento hasta el lugar lejano por donde sale el Sol.

Cuando salió de Tula, Quetzalcóatl se detuvo frente a un árbol y pidió a sus sirvientes un espejo. Se miró y vio la imagen de un viejo. Entonces, dio a ese lugar un nombre. Lo llamó «Bajo el árbol de la vejez». Después siguió su camino. Más adelante encontró una roca y se sentó en ella a descansar. Miró hacia atrás y vio la ciudad de Tula, todavía ardiendo. Fue tan hondo su pesar que sus lágrimas ablandaron la roca y en ella se hundieron sus caderas. Quetzalcóatl se apoyó en la roca, blanda como el barro, y quedaron en ella las marcas de sus manos. A ese lugar le llamó «Donde están las huellas de las manos».

Su camino lo llevó hasta la orilla de un río. Como no podía cruzarlo de un salto, fue poniendo piedras enormes en el agua para hacer un puente por donde poder pasar. Desde entonces ese lugar recibe el nombre de «Cruce de piedra». Luego encontró el arroyo de las serpientes, que quisieron hacerle volver a Tula. Pero Quetzalcóatl era fuerte y no lo pudieron detener. Sin embargo, las serpientes se quedaron con sus joyas más preciadas: el dominio de la orfebrería, el arte de trabajar las plumas, de tallar la piedras preciosas y de hacer libros. El dios del viento se desprendió de sus tesoros y los dejó caer al río. Y ese lugar se llamó «El arroyo de las joyas».

En el camino encontró un demonio que le detuvo el paso. «No te dejaré seguir si no bebes de mi vino» —dijo el demonio—. Pero Quetzalcóatl no quería beber más, no quería ni siquiera recordar el daño que el vino le había causado. El demonio insistió: «Nunca llegarás a la casa del alba si no tomas de mi vino». Quetzalcóatl tuvo que tomarlo y el vino le embriagó de nuevo y cayó tendido al suelo y el sueño lo venció. Cuando despertó, llamó a ese sitio «El lugar del sueño».

Recorrió valles y montañas. En cada paraje fue dejando su huella. Fue poniendo a las cosas el nombre que todavía tienen. Por el camino, entre el calor del desierto y el frío de los picos helados fue perdiendo a sus criados. De este modo, llegó solo la costa. Recogió muchas serpientes y las fue anudando unas con otras para hacerse una barca. Subió en ella, siguió rumbo al este y se fue alejando hasta desaparecer sobre las aguas.

Dicen que un día el dios del viento encontró la casa del alba. Pero nadie sabe cómo consiguió llegar.

16

El terrible Cherufe

*Leyenda mapuche**

El Cherufe dominaba el cielo y la tierra. Aterrorizaba a hombres y animales con relámpagos y truenos, lanzaba rayos de fuego que incendiaban los bosques y las chozas, y dejaba escurrir oleadas de lava ardiente que arrasaban con todo lo que encontraban a su paso. Sólo había una manera de evitar los terribles estragos que causaba la ira del Cherufe: entregarle cada tanto a una muchacha para que él devorara su carne tierna. Después prendía fuego a las calaveras y las echaba a rodar por las pendientes.

Un día, un viejo brujo llegó a la casa de una joven muchacha para pedirla en matrimonio. Tenía la idea de entregarla al Cherufe para sacar provecho de su sanguinario hábito. La niña rogó a su familia que no la obligaran a partir, pero como éstos se negaron a escucharla, salió corriendo por la montaña y se refugió en el bosque.

Obedeciendo ordenes de la madre de la muchacha, su hermano salió en su búsqueda y la encontró acurrucada entre las zarzas, con la cabeza hundida entre las rodillas, los brazos alrededor de las piernas y escondida bajo su manto. Ella hubiera querido hacerse diminuta como un escarabajo, invisible como el viento, silenciosa como la noche. Pero todo su cuerpo temblaba de miedo y hacía crujir las hojas de los matorrales.

---

* Los mapuches son originarios del sur de Chile. De espíritu individualista y sangre guerrera, los españoles los llamaron araucanos y, a pesar de su superioridad técnica, no lograron jamás someterlos por completo.

—No llores más —le dijo el hermano en un susurro, acariciándole la cabeza—. Te he traído éstas plumas de piuquén. Cuando necesites mi ayuda, mándamelas y vendré corriendo a darte auxilio. Ahora sal de ahí y vete con el brujo antes de que se enfurezca y te castigue.

La muchacha obedeció las palabras de su hermano y fue al encuentro del hombre al que tanto temía. Iba seguida de Trewul, el perro que le había dado su hermano como regalo de bodas.

—¿Dónde vamos? —preguntaba al brujo, que era un viejo sucio y maloliente, con una barba larga y rala que le caía sobre el enorme vientre.

—A cazar un guanaco —le contestaba el brujo.

Montado en su cabra, la obligaba a seguirlo por los senderos escarpados que trepaban a la cima del monte, sin decirle que en verdad se encaminaban al cráter del volcán donde vivía el Cherufe, el maléfico dios de la montaña.

En un alto del camino, el brujo dijo a la muchacha que se sentara a descansar, que él tenía que hacer algo un poco más adelante y que luego volvería. Ella lo siguió desde lejos. Lo vio entrar por una grieta en la montaña. Entonces decidió seguirlo y, escondida, trató de oír algo que le diera una pista.

Al rato, oyó la voz del brujo conversando con otra voz que parecía tronar en el interior de la tierra. Estaban cerrando un trato. El brujo entregaría a la muchacha para que fuera devorada por el espíritu terrible de los montes, a cambio de enormes poderes y de la promesa de no ser abatido por los rayos, ni devorado por la lava ardiente del volcán cuando la furia del Cherufe se cerniera de nuevo sobre la tierra.

La muchacha le dio a Trewul, el perro, las plumas de puiquén y lo azuzó para que fuera en busca de su hermano. El perro corrió montaña abajo llevando las plumas en el hocico y, en poco tiempo, estuvo de vuelta con el hermano de la joven. Al verlo llegar, la niña le explicó lo que había oído y él, sin perder un minuto, decidió ir a poner fin al macabro negocio.

Iba con pasos sigilosos, seguido del perro, cuando vio un puma que custodiaba la entrada de la casa del Cherufe. El perro saltó al cuello del guardián y, aprovechando que estaba desprevenido, lo atacó y lo dejó tirado en el suelo. Llegaron al lugar de la entrevista. El muchacho, escondido en la entrada de la gruta, viendo que el brujo ya se despedía, lo dejó salir. Cuando lo tuvo cerca, empujó unas rocas enormes que lo sepultaron.

El ruido puso en guardia al Cherufe, que se enfureció al ver que el viejo brujo y su puma guardián habían muerto. Sacó sus armas de fuego. Los relámpagos iluminaron las nubes, la tierra tembló y el suelo quedó surcado por grietas enormes. El Cherufe rugía y gesticulaba desde el borde de uno de los abismos que partían la tierra. Pero en un mal paso, perdió el equilibrio, cayó y su cuerpo gigantesco quedó hundido para siempre entre las rocas.

De este modo, la montaña quedó en silencio. Se apagaron los relámpagos y se acallaron los truenos. Desde abajo los mapuches vieron bajar del cerro una procesión de jóvenes que venían saltando y riendo. Eran los dos hermanos seguidos por el fiel Treuwl. Con ellos corría un grupo de muchachas que encontraron en la gruta, a punto de ser devoradas por el temible Cherufe. Todos bailaban y brincaban de alegría. Llevaban en las cabezas plumas blancas de puiquén que brillaban en la noche, bajo la luz de la luna de plata.

17

EL ARAWAK Y EL BUITRE
Leyenda arawak*

El cazador alzó la vista y lanzó una flecha que cruzó el cielo y derribó la presa, un buitre real de enormes alas negras que cayó en picado desde al aire. El hombre lo tomó en sus brazos y lo llevó a casa. Era tan hermoso que el cazador prefirió salvarle la vida. Sacó la flecha que le atravesaba el pecho y le curó la herida.

Cuando cayó el sol, el hermoso buitre real dejó caer sus plumas y permitió que el arawak descubriera su apariencia real. Era una mujer encantadora, una diosa, hija de Anuamina, el rey de los cielos. En días de sol, él y sus súbditos se convertían en enormes aves negras que recorrían en bandadas el firmamento. La hija de Anuamina miró con ternura los ojos del sorprendido cazador. Debió ser entonces cuando se enamoraron.

Unos días después, celebraron su boda sin el permiso de Anuamina. La hija del rey de los cielos volvió a casa y contó a su padre que se había casado con un hombre. El rey enfureció. No acostumbraban los dioses a unirse en matrimonio con mortales y su hija lo sabía. Antes de consultarlo, se había entregado a un hombre, despreciando el amor que le ofrecían otros dioses buitres, habitantes del cielo. Pero Anuamina era un padre

---

* Los arawaks son pueblos indígenas que estaban establecidos en las costas del Caribe y en algunas islas del mismo mar.

amoroso y no tardó en perdonar a su hija y en permitirle que trajera con ella al arawak que se había convertido en su esposo.

    El arawak cabalgó en un enorme buitre negro que lo llevó al reino celeste, delante de Anuamina. El dios le dio la bienvenida y bendijo la unión entre su hija y el recién llegado. Pero los otros habitantes del cielo estaban celosos y resentidos. Se sentían humillados, rechazados en favor de un hombre que no era más que un simple mortal que ni siquiera sabía volar.

    La hija de Anuamina y el arawak vivieron durante un tiempo felices en las alturas. Para él todo era nuevo en el mundo del aire que habitaban los buitres y los dioses. Hasta que un día empezó a sentir añoranza de la Tierra, de los árboles altísimos que enterraban sus raíces en la profundidad del suelo, de los caminos que serpenteaban trepando las montañas, de los ríos con pozos de aguas cristalinas donde solía bañarse, de las piezas de caza que había que perseguir durante largas jornadas hasta que al fin caían al vuelo de su lanza, llenando de orgullo su corazón.

    Un día, con el recuerdo de la selva espesa avivándole la nostalgia, el arawak pidió permiso a Anuamina para bajar por última vez y pisar tierra firme. El dios de las alturas hizo venir una bandada de buitres para transportarlo y él se dejó llevar sin sospechar que les daba a los otros dioses la oportunidad de vengar la humillación a la que, sin querer, los había sometido. Le tomaron entre sus garras y lo llevaron por el aire. Lo dejaron en la punta de un árbol altísimo que tenía el tronco cubierto de espinas largas y agudas. Allí lo abandonaron y regresaron al cielo.

    El hombre, al ver que no podía bajar, pidió ayuda a los animales y estos vinieron a socorrerle. Cientos de pájaros soportaban su peso durante pequeños trayectos y le iban ayudando a descender. Más abajo, las arañas tejían sus redes para que pudiera saltar sin hacerse daño. Por fin, consiguió llegar al suelo. Durante varios días sus sentidos se embriagaron con los olores y los ruidos de la tierra. Sus pies recorrieron los caminos y se metieron en el agua del río. Sus brazos tensaron el arco y su flecha silbó al viento como antes, hasta alcanzar la presa.

    Pero cuando el hombre mortal quiso volver a las alturas, vio que estaba sólo y que sin la ayuda de los buitres era imposible regresar. Meses y años estuvo clamando al cielo por una sola posibilidad de volver a encontrarse con su amada. Pero nadie atendió sus ruegos. Bandadas de buitres furibundos le atacaban con sus picos y sus garras, caían en picado desde el cielo cuando lo veían implorar. Entonces fue en busca de las aves que habitan debajo de las nubes para que le ayudaran de nuevo. Miles de pájaros juntaron sus fuerzas y remontaron al hombre al reino de Anuamina.

Pero antes de llegar a la casa de los dioses, un muchacho apuesto y valeroso le cerró el paso. En los ojos del joven, el hombre reconoció los suyos propios. Por su piel oscura, por la altivez de sus gestos, el hombre adivinó que el joven que lo enfrentaba no era otro que su propio hijo. Pero prefirió guardar silencio y sólo explicarle qué lazo los unía cuando estuvieran todos juntos: padre, madre e hijo en la casa de Anuamina. Sin embargo, el muchacho no venía en son de paz. En un segundo, se transformó en uno de los buitres feroces que acosaban al hombre cuando clamaba al cielo y, sin dar tregua, lo atacó. La lucha era desigual, el hombre no podía volar porque estaba a merced de los pájaros que lo soportaban, mientras que el buitre arremetía libremente contra él.

El hombre perdió la batalla en poco tiempo. Murió a manos de su propio hijo, que desde niño había ido alimentando el odio y el rencor contra el arawak que un día osó venir de la tierra a vivir entre los dioses.

18

Unkui, la madre de la selva

Leyenda shuar*

Cuando los hombres eran pocos y apenas comenzaban a poblar el mundo, la selva todavía no existía. En su lugar se extendía una llanura árida y amarillenta, manchada por unas pocas hierbas de unkuch, el único alimento que tenían los shuar. Comiéndolas, los hombres pudieron soportar la sequía de la tierra y el calor implacable del clima ecuatorial.

Pero un día, las hierbas de unkuch desaparecieron y los hombres fueron muriendo de hambre y de tristeza. Los pocos que quedaban estaban desesperanzados. Pensaban que los dioses malignos les habían quitado el precioso alimento y que nada podían hacer en contra de sus designios. Entre ellos había una mujer de corazón valiente que se resistió a creer que la vida de los shuar tuviera que extinguirse. Era Nuse, que, acompañada de sus hijos, dejó la tribu y marchó en busca de alimento.

Caminaron muchos días siguiendo el curso de ríos, que a cada paso parecían más secos. Levantaban una a una las piedras que encontraban en busca de una señal verde que les diera la esperanza de encontrar una planta de unkuch, pero todo fue inútil. Los viajeros, azotados por el calor asfixiante, fueron desfalleciendo y quedaron tendidos bajo los rayos del sol.

---

* Los shuar habitan todavía el sureste de la Amazonia entre la cordillera y las cuencas de los ríos Pastaza, Upano y Zamora. Viven en armonía con la naturaleza y son conocedores de plantas que les facilitan el contacto con los dioses de la selva.

Cuando ya no les quedaba aliento, una corriente de agua cristalina bajó por el lecho seco del río. En ella flotaban trozos de una raíz desconocida. Nuse se arrastró como pudo hasta el agua, tomó los pedazos que le cupieron en las manos y los comió. La raíz era dulce y sabrosa. Nuse sintió que le volvía la fuerza y corrió a auxiliar a sus hijos, dándoles a probar lo que acababa de encontrar. Entonces vio que alguien la miraba desde el aire, era la figura de una mujer hermosa que comenzó a hablar.

—Soy Nunki, la diosa de las plantas —dijo desde el viento—. Sé que tu pueblo habita en la tierra desnuda donde ya no queda nada que comer. Han perdido la esperanza y ya no tienen fuerzas para buscar alimento. Pero tú has sido valiente, por eso te he mandado la yuca, esa raíz que has comido y que te ha devuelto la fuerza. Y por eso te daré no sólo el unkuch que viniste a buscar, sino miles de plantas que se cargarán de frutos y que darán sombra a los hombres para que puedan soportar el calor.

Ante los ojos asombrados de Nuse y de sus hijos, brotaron millones de plantas que crecieron en segundos hasta que, en poco tiempo, el desierto se convirtió en espesura verde y aromática donde los pájaros venían a cantar. Nuse y sus hijos volvieron con su gente. El camino de vuelta se había llenado de colores, de música y de alegría. Mientras andaban, iban recogiendo yuca, plátanos, matas de unkuch y un montón de frutos que nunca antes habían visto. Cuando llegaron al lugar de donde habían partido, encontraron a su gente bailando de alegría en medio de la selva nueva. La vida de los shuar había cambiado para siempre.

19

La mujer de laurel amarillo
Leyenda sikuani*

Hace tiempo, los animales todavía se parecían a las personas. Caminaban, trabajaban, pensaban de una manera casi humana y vivían juntos y en paz. Kuwai apareció primero. Trajo con él la luz del día y los demás seres. El poderoso Kuwai se dio cuenta de que todos eran machos y decidió crear una mujer. Buscó una rama olorosa de laurel amarillo y la talló.

Cuando la mujer estuvo formada, Kuwai dijo al mono que copulara con ella para darle vida, pero la madera era dura y el mono no la pudo penetrar. Entonces Kuwai buscó al cusumbo y le incrustó una varita de palo de Brasil en el pene. Así, el cusumbo la penetró y la rama de laurel amarillo se convirtió en una mujer a la que dieron el nombre de Pumeníruwa. La mujer sabía hablar y caminar como los hombres.

Pumeníruwa y Kuwai vivieron juntos desde entonces. Ella bajaba al río a buscar agua y Yakúkuli la miraba desde lejos cuando venía a pescar. Yakúkuli era el hombre que luego se convirtió en pájaro, pero entonces tenía forma humana y acercaba su canoa a la orilla del río y le ofrecía pescado a la mujer hermosa que olía como el laurel amarillo.

---

* Los sikuani habitan la región oriental de la Amazonia colombiana. Su cultura está dividida entre nómadas y sedentarios, y el intercambio entre unos y otros es permanente y vital para su subsistencia. Sus mitos muestran un mundo inestable que el hombre pone en peligro con su comportamiento. El hombre y las fuerzas de la naturaleza conviven, se aman, se odian, y los dioses intervienen para impedir que se destruyan.

Una vez Pumeníriwa se metió en la canoa para escoger el pescado que Yakúkuli le ofrecía y él empujó la barca lejos de la orilla y se la llevó. Cuando llegaron al refugio del hombre pájaro, Eto, el rey Buitre le arrebató la mujer a Yakúkuli y se la llevó a su casa.

El rey Buitre, orgulloso, decidió hacer una fiesta para beber kulima, una bebida fermentada de frutos de palma de moriche, y celebrar que tenía con él a la mujer. Invitó a los micos y a los monos titíes y a muchos animales que venían desde lejos.

Un grupo de titíes pasó delante de la casa de Kuwai. Iban alegres, hablando a gritos, cantando y conversando del kulima, de la fiesta y de la mujer que olía como el laurel amarillo. Así fue como Kuwai descubrió el lugar donde se habían llevado a Pumeníruwa.

Transformado en anciano, Kuwai se fue a la casa del rey Buitre y llegó la víspera de la fiesta, cuando todos tenían que ir a buscar el moriche para preparar la bebida. En el momento que estuvieron listos para partir al lugar donde crecen las palmas de moriche, el anciano miró fijamente a los ojos de Eto, el rey Buitre.

Sin darse cuenta, Eto fue pronunciando las palabras que Kuwai le dictaba desde su mirada de viejo. Dijo en voz alta que el recién llegado era decrépito y estaba demasiado cansado para emprender el camino de las palmas, que debía quedarse en la casa y ayudar a la mujer a cortar leña.

Cuando todos se fueron, Pumeníruwa llevó al anciano al árbol del que sacaban leña y él comenzó a rajarla y, a cada hachazo, iba pronunciando su propio nombre. Cada vez que el anciano gritaba «Kuwai», los leños se rajaban como si fueran de paja.

La mujer empezó a recordar y dijo al anciano que una vez había tenido un marido que se llamaba Kuwai y que también gritaba su nombre al viento cuando rajaba leña.

Una nube de nostalgia le vino a la mirada cuando dijo que todo eso había ocurrido hacía mucho tiempo, antes de que los hombres se la hubieran robado unos a otros. Después cogió los leños y regresó a la casa del rey Buitre, mientras el anciano seguía rajando leña y la miraba alejarse por el camino.

Cuando Pumeníruwa regresó, el viejo, que tenía todo el cuerpo cubierto de granos, le dijo que quería bañarse en el río para refrescarse después de haber trabajado tanto. Cuando su piel entró en contacto con el agua, los granos que tenía Kuwai en el cuerpo comenzaron a desprenderse y a convertirse en peces.

Cuando salió del arroyo, Kuwai era joven otra vez. Con medio cuerpo todavía entre el agua rezó invocando a la liana, que no suelta lo que enreda, y a sus hojas mágicas, que no dejan escapar los peces. Y cuando Pumeníruwa lo vio y reconoció a su marido, se echó en sus brazos para no separarse de él nunca más.

El rey Buitre regresó y alcanzó a verlos cuando escapaban por entre los árboles. Kuwai se transformó en oso perezoso, se colgó de una rama y se dejó caer al suelo, como si estuviera muerto. Estuvo así muchos días, haciendo ver que su cuerpo se pudría hasta que el pájaro Chiriguare lo vio y le dio un fuerte picotazo en la nalga. El perezoso gritó de dolor y así se supo que estaba vivo. Al segundo picotazo, Kuwai resistió sin moverse y sin emitir el menor gemido, y los pájaros lo dieron por muerto. Cuando el rey Buitre se acercó, Kuwai se convirtió de nuevo en hombre, lo agarró con fuerza de la pata y lo levantó del suelo.

Cuando llegaron a casa, Kuwai pidió a la mujer que hiciera un fuego, y que pusiera en él un cazo con el jugo venenoso de la yuca y ají picante. A continuación, quitó las plumas al rey Buitre y lo sumergió una y otra vez en el caldo hirviendo. Después lo soltó y el buitre trepó como pudo a lo alto del techo de la choza y se quedó ahí, hecho un andrajo, hasta que se hizo de noche.

En medio de la oscuridad, el buitre comenzó a hablar. Le dijo a Kuwai que su venganza sería implacable, que a todos sus descendientes los mordería la anaconda y los tragaría el caimán. Que se tendrían envidia, se quitarían las mujeres unos a otros, se robarían sus pertenencias para hacerse maleficios y se matarían entre sí. Kuwai protestaba, no paraba de gritar que eso no podía ser posible. Pero el buitre repetía y repetía las mismas palabras. A pesar del barullo, Kuwai se fue adormeciendo y, en un descuido, en vez de renegar de aquellas palabras, dijo que tal vez todo eso fuera posible.

Con esas palabras, casi sin darse cuenta, Kuwai dio licencia para que en el mundo se cumplieran los malos augurios del buitre. El cuerpo del rey Buitre se cubrió otra vez de plumas negras, extendió las alas y se fue volando. Desde el día en que Kuwai y Eto se pelearon, a los hombres los devora el caimán, los muerde la serpiente, se pelean entre ellos, se roban las mujeres, se hacen maleficios y se matan.

Leyendas del Sol y de la Luna

20

TECUCIZTECATL Y NAHUATZIN

Leyenda mexica

En medio de la oscuridad, en Teotihuacán, los dioses se reunieron para decidir quién de ellos debía iluminar el mundo. Tecuciztecalt se ofreció voluntario y los demás estuvieron de acuerdo. Pero era una labor difícil: su luz apenas alcanzaba para alumbrar la mitad de la tierra. Los dioses comprendieron que uno solo no era suficiente.

Se miraron unos a otros, hablaron entre ellos, deliberaron. Pero todo lo que hicieron fue darse excusas porque ninguno se veía capaz de asumir el cargo. Sólo uno de los dioses, el más pobre, el más tímido, permaneció callado mientras los otros hablaban. Cuando los demás notaron su silencio le señalaron todos a la vez y dijeron:

—Serás tú, Nahuatzin; tú iluminarás la otra mitad del mundo.

Nahuatzin encogió los hombros y sin levantar la vista aceptó el designio de los dioses.

Volvieron a hablar. Acordaron que los escogidos debían hacer penitencia durante cuatro días. Después se encendería una hoguera en la peña de Teotexcalli para que hicieran allí sus ofrendas. Las de Tecuciztecalt eran espléndidas: bolas de oro, plumas de quetzal, espinas fabricadas con corales rojos y piedras preciosas.

Nahuatzin en cambio era pobre, y también lo eran sus ofrendas. En lugar de bolas de oro, bolas de heno; cañas verdes atadas en ramos en vez de plumas de quetzal y espinas de maguey teñidas de rojo con su propia sangre.

Antes de la medianoche del cuarto día, los dioses dieron a cada uno de ellos vestidos y atributos según el lujo de sus ofrendas. Cubrieron la cabeza de Tecuciztecalt con un frondoso plumaje y su torso con un manto de lino. A Nahuatzin le dieron un tocado, una estola y un taparrabos de papel.

Era la media noche. Los dioses se pusieron en dos filas, marcando un camino hasta la hoguera de las ofrendas, que seguía ardiendo después de cuatro días. Había llegado el momento en que los elegidos tenían que atravesar el fuego para dar luz al mundo. Tecuciztecalt era el primero.

Hizo ademán de entrar en las llamas pero el calor lo amedrentó. Cuatro veces lo intentó y cuatro veces retrocedió ante el fuego ardiente. Los dioses lo apartaron y dieron paso a Nahuatzin. El dios pobre, vestido de papel, cerró los ojos. Sus pies de plomo avanzaron hasta el fuego y, sin un gemido, sin un gesto de dolor, atravesó las llamas y quedó en medio de la hoguera.

Tecuciztecalt no quiso quedarse atrás. Siguió los pasos de Nahuatzin y se lanzó también al fuego. Detrás de él, vino el águila, que se quemó las puntas de las alas. Por eso las últimas plumas de las alas del águila son negras. Y detrás del águila el ocelote, que quedó para siempre con la piel manchada.

Pasó el tiempo. Los dioses que esperaban sentados alrededor de la hoguera vieron que el cielo comenzaba a pintarse de rojo y la luz del alba empezaba a brillar por todos lados. Pero todavía no sabían por dónde vendría Nahuatzin convertido en sol. Entonces Quetzalcóatl, Tezcaltlipoca, Mixcóalt y las cuatro diosas hermanas miraron hacia el este y lo vieron salir. Venía contoneándose y su luz era tan fuerte que robaba los ojos a quien lo miraba de frente.

Detrás del sol salió Tecuciztecalt, convertido también en bola de fuego, tan brillante como Nahuatzin. Los dioses comprendieron que no podía haber dos soles juntos que brillaran a la vez. Uno de ellos tomó un conejo y subió a las alturas. Con la piel del conejo frotó la cara de Tecuciztecalt y le apagó el resplandor. Por eso la Luna tiene la cara opaca.

El Sol y la Luna se quedaron quietos. No quisieron seguir el camino del cielo hasta no ver el sacrificio de los demás dioses. Ellos, furibundos, deliberaron de nuevo y enviaron a la estrella matutina para que diera al Sol un golpe mortal. Pero el Sol esquivó la flecha y siguió reclamando la sangre de los dioses.

Entonces Tezcatlipoca, Huitzilopoztli y Xichiquetzal decidieron sacrificar a todos los dioses menores de Teotihuacán. Con la fuerza de la sangre, el Sol volvió a moverse y la Luna lo siguió. Los duendes y los demonios salieron al acecho de la Luna, la atraparon y la vistieron de andrajos para que luciera aún menos. Sólo la soltaron cuando el Sol se ocultó y vino la noche. Entonces la dejaron seguir su camino. Pero el Sol y la Luna ya nunca volvieron a encontrarse.

Así nacieron los días y las noches. Así llegaron al cielo el Sol y la Luna. Así fue como los dioses fueron sacrificados para que la luz iluminara el mundo.

Poderes cósmicos

En el universo se dan múltiples fenómenos naturales cuyo poder hace que la especie humana parezca insignificante. Actualmente, creemos ser capaces de manipular y controlar la naturaleza sin que de ello derive consecuencia alguna. Sin embargo, las civilizaciones antiguas tenían un concepto bastante más holístico y una visión más global del mundo: consideraban que ellos formaban parte de la naturaleza y sentían gran reverencia por los poderes de cuya supervivencia dependían. De este modo, los fenómenos naturales —el Sol, la Luna y las estrellas, el viento, la lluvia, los relámpagos, el arco iris o incluso la tierra misma— eran considerados como dioses o diosas a los que se veneraba.

Para los habitantes de América Central y el antiguo Imperio Inca, el Sol, la Luna, el planeta Venus y las Pléyades tenían una gran importancia. El sol de la quinta edad azteca —correspondiente a nuestra era actual— era el temido Tonatio, que requería sacrificios de sangre antes de que se desplazase a lo largo del cielo.

Para los incas, Inti o Apu Punchau, el dios del Sol, era la suprema y original deidad, aunque después fue sustituido por el dios creador Viracocha. La hermana de la mujer del Sol, Mamá Quilla, era la Luna. En el plano terrenal, el emperador inca y su esposa eran considerados en cuerpo y sangre como la reproducción directa del Sol y de la Luna. El ciclo de las Pléyades estaba directamente asociado a las estaciones agrícolas.

También Venus era especialmente observaba en su recorrido por el cielo. Conocida por los incas como Chasca, la asistente del Sol, el planeta recibió diversos nombres en los pueblos de América Central. El más conocido fue el nombre de Quetzalcóatl, que era el dios Venus como «estrella matinal» (su gemela era la «estrella nocturna», a veces denominada Xolotl). Tal y como descubrieron posteriormente los astrónomos mayas, la «estrella matinal» y la «nocturna» son el mismo cuerpo, Venus, en dos fases diferentes. Como estrella matinal, Venus aparece antes que el Sol, por lo que se pensó que lo guiaba, indicándole el camino para surgir del mundo subterráneo. Y como estrella nocturna, reluciente justo después de la puesta de sol, pensaron que volvía a indicarle el camino para que éste regresase al mundo subterráneo de donde surgió. Este aspecto dual se reflejaba en los mitos, de forma que la influencia de los planetas podía ser tanto benigna como maligna.

21

La noche de Baio

Leyenda aché*

Cuando los hombres no sabían dormir, el Sol estaba quieto, siempre brillando en el mismo lugar del cielo. Los hombres se movían por la selva. Cazaban, pescaban, montaban sus campamentos aquí y allá. Vivían en un día eterno sobre una tierra iluminada por la luz del Sol inagotable.

Un día, el hombre y su hijo seguían el rastro a un venado y llegaron a un claro del bosque donde no habían estado jamás. En medio de la hierba vieron una gran olla de barro.

—Esta ha de ser la olla de Baio —dijo el padre a su hijo.

Baio es el genio del bosque. Dicen que si un hombre se atreve a mirar dentro de su olla despertará la ira de Baio y su castigo será implacable.

Pero el ser humano es curioso. Y el hijo del hombre, fascinado por el enorme cacharro de barro, no pudo reprimir el deseo de ir a ver qué había dentro de la olla. No escuchó a su padre decirle que se marcharan de inmediato, que no acercara la oreja para escuchar los ruidos extraños que procedían del interior. No hizo ningún caso cuando el padre, enfadado, le gritó desde lejos que dejara de dar golpecitos en la olla con la punta del palo de su arco. Hasta que la olla, mucho más frágil de lo que parecía, se resquebrajó.

---

* Los aché se movían por las serranías de Caaguazú y San Joaquín de Mbaracayú, al sureste de Paraguay. Para evitar el acoso de otras tribus guaraníes y de los criollos paraguayos, han abandonado el nomadismo y se han unido a grupos de misioneros cristianos.

Por la grieta salió una inmensa mancha negra que se extendió y cubrió el cielo y todo lo que había sobre la Tierra. Salieron animales desconocidos que fueron a perderse entre la noche. Y no se les veía. Sólo se escuchaban sus ruidos extraños desde lejos, en medio de la oscuridad. Una enorme bola de plata atravesó también la grieta. Subió al cielo y se escondió detrás de las tinieblas.

El hombre y su hijo, aterrados, ciegos, volvieron a tientas a casa. Tardaron mucho en llegar, porque acostumbrados a la luz del Sol, sólo sabían guiarse por sus ojos. Y no encontraron el campamento hasta que supieron aguzar el oído y reconocer las voces de su gente.

—¿Qué ha pasado? —preguntaban todos.

—¿Qué se ha hecho del Sol? Estamos perdidos, no nos podemos mover.

El hijo del hombre se echó a llorar y les contó que había roto la olla de Baio y que había desatado su ira. Y ése era el origen de toda aquella oscuridad.

El tiempo pasaba y la vida era una noche que no tenía fin. Los hombres, asustados, no querían entrar a cazar en la selva oscura donde se oían ulular búhos invisibles y rugir fieras al acecho. Era fácil perderse para siempre sin la luz que les indicara el camino de vuelta. Y empezaron a sentir hambre y frío. Para calentarse, prendieron una hoguera con cera de abejas. El humo de la cera subió y subió, atravesó la oscuridad y llegó hasta el Sol que se echó a andar por el cielo y salió de detrás de las tinieblas.

Desde entonces el Sol no deja de caminar por las alturas. Comienza al amanecer y sigue su andadura hasta que se pierde más allá de los montes. Después viene la noche y, con ella, la Luna de plata. En ese momento los hombres se reúnen alrededor del fuego, se cuentan historias y duermen esperando ver llegar de nuevo al Sol caminante que les da la luz.

22

La piedra del Tandil

Leyenda de la Pampa*

Los hombres se quedaron pasmados cuando vieron al Sol palidecer. El Sol estaba brillando en el cielo mucho antes de que los hombres llegaran a poblar la Tierra. Era un gigante bondadoso, dueño de todo el calor y la fuerza del mundo. Era el señor de la vida y de la muerte. De sus dedos, desde siempre, brotaba el calor que daba vida a todo lo que tocaba. Su esposa, la Luna, blanca y hermosa, era la dueña de las noches, el silencio, el sueño y la sabiduría.

Bajo su manto de plata se respiraba paz y dulzura. En épocas remotas, los dos caminaron por el mundo cuando no existía en la Tierra más que la inmensa llanura. A su paso cubrieron el suelo de hierba y de flores. Hicieron brotar el agua, que formó los grandes lagos donde se bañaban después de andar y andar. Llenaron el agua de peces y la tierra de pájaros y animales que corrían y se arrastraban.

Un día se sintieron satisfechos y decidieron regresar al cielo. Pero antes de partir pensaron que la Tierra no debía quedar desamparada. Alguien tendría que cuidar los campos, el agua y los animales. Entonces dieron vida a sus hijos, los hombres.

---

* La Pampa es un extenso territorio ubicado al sur de Argentina, famoso por sus pobladores e inmortalizada en Martín Fierro, una de las obras cumbres de la literatura de este país.

Les enseñaron el mundo que tendrían que habitar y les dijeron que no debían temer, que el Sol alumbraría cada día la tierra de los hombres, para que no faltara luz, ni calor, para que la vida nunca terminara. Dijeron también que la Luna velaría en las noches su descanso. Después se alejaron y subieron al cielo.

Los hombres quedaron al cuidado de la Tierra, pero no estaban solos. Bastaba con mirar al firmamento para encontrar a sus dioses amparándolos desde las alturas. Pero un día, el Sol empezó a palidecer, perdió brillo y la fuerza de sus rayos se hizo frágil y fría. Un puma alado gigantesco lo acosaba en el aire y le asestaba implacables zarpazos para destruirlo.

Los hombres trataron de derribar al puma. Armados con sus arcos, le dispararon flechas desde el suelo, pero no lograban herirlo. Al contrario, las flechas de los hombres avivaban su furia y con más fuerza arremetía contra el Sol. Miles de flechas cruzaron el cielo tratando de alcanzar al puma hasta que por fin una se clavó en su vientre y salió por el lomo. El puma cayó malherido, pero no muerto.

Tirado en el suelo, lanzó rugidos furibundos que estremecieron la Tierra y despertaron por primera vez la ira de la dulce Luna. Cuando el cielo fue cambiando de color, primero a rojo encendido, luego a violeta y por último a azul profundo, la Luna se echó a andar por el firmamento y, furiosa como nadie la había visto nunca, comenzó a tirar piedras enormes sobre el puma alado.

Tantas y tan grandes fueron las rocas que cayeron desde el cielo, que sobre la pampa lisa se formó una montaña: la Sierra del Tandil. La última piedra que tiró la Luna se quedó clavada justo en la punta de la lanza que derribó al puma. Y el puma no murió. Quedó sepultado vivo, revolcándose de rabia cada vez que el sol atravesaba el cielo. Dicen que durante siglos y siglos los movimientos del puma hicieron oscilar la piedra de Tandil sobre la punta de la Sierra.

23

ANTÜ Y KUSHE

Leyenda mapuche

El dios Sol, Antü, creador del mundo, y su blanca esposa, Kushe, la Luna, vivían en las alturas en compañía de sus hijos, reinando sobre el cielo y la Tierra. Antü era el creador de todo el universo, había colocado nubes y estrellas en el cielo y montañas, bosques, valles, lechos de ríos, plantas, animales y hombres en la Tierra. Era dueño de todas las cosas. Kushe era la reina, la maga de la sabiduría.

Después de haber creado el mundo, Antü se retiró a las alturas a vivir con Kushe, para iluminar la Tierra desde el firmamento mientras duraba el día. Por las noches, Kushe tomaba su lugar y velaba el sueño de los hombres.

Los hijos de Antü y Kushe fueron creciendo y llegó el día en que quisieron ser grandes y poderosos como su padre. Quisieron tener la misma facultad de dar vida y forma a las cosas y gobernar sobre ellas. Su deseo de poder crecía cada vez más y un día, contradiciendo las órdenes del dios Sol, tendieron una escalera de nubes para bajar a la Tierra y dominarla.

Al verlos bajar, Antü desató la ira contenida que había acumulando con cada gesto desafiante de sus hijos. Estaba furibundo. Los agarró del pelo y los sacudió con todas sus fuerzas para luego dejarlos caer desde lo alto, sobre las montañas. Los pesados cuerpos abrieron dos enormes agujeros en el suelo. Y allí quedaron hundidos, inertes. Antü seguía furioso, lanzando rayos de fuego y Kushe, viendo horrorizada hasta dónde lo había llevado su ira, se refugió entre las nubes y se echó a llorar.

Tanta fue su pena, que sus lágrimas rodaron por las montañas, lavaron las paredes de las rocas y llenaron los dos grandes huecos donde estaban los cuerpos de sus hijos. Así se formaron el lago Lolog y el lago Lácar, hondos como el dolor de Kushe y brillantes como su rostro.

El llanto de la Luna conmovió a Antü, quien tomó los dos cuerpos destrozados de sus hijos y fabricó con ellos una enorme serpiente alada a la que devolvió a la vida. Era Kai-Kai Filu, la encargada de llenar los lagos y los mares. Pero la culebra aún guardaba en su corazón la rabia y la ambición de los hijos de Antü y, para hacerle daño, se volvió contra los hombres. Agitaba las aguas de los lagos con su gigantesca cola, formando terribles remolinos que hundían las barcas de los pescadores y olas inmensas que devoraban los refugios de los mapuches.

Al ver el peligro que corrían los hombres, Antü tomó un puñado de barro y modeló otra serpiente. Le dio el nombre de Tren-Tren, la culebra de la montaña, y le infundió vida con sus palabras. Su misión era vigilar de cerca a Kai-Kai Filu y prevenir a los hombres para que buscaran refugio cuando la serpiente alada agitara las aguas. Antü dejó a los mapuches al cuidado de Tren-Tren y regresó al firmamento.

Un tiempo después, al no tener noticias de sus hijos, el dios Sol decidió bajar de nuevo a la Tierra. Apareció un día entre los hombres como si fuera uno de ellos, vestido con cuero y con la cabeza desnuda. Les enseñó a trabajar, a conocer la medida del tiempo entre la siembra y la cosecha, a elegir las semillas y a guardar los alimentos durante tiempos muy largos. También les regaló el fuego. Los hombres le llamaron Küme Huenu, el hombre bueno, y así Antü, el dios Sol, tuvo un nombre más. Cuando los mapuches aprendieron a sembrar y aprovechar los frutos de la tierra, Antü partió de nuevo al cielo.

Pero con el paso de los años, las personas fueron olvidando las enseñanzas de Küme Huenu. Empezaron a tratarse sin respeto, se peleaban unos con otros y proferían insultos mirando al cielo. Entonces se acumuló de nuevo la rabia divina de Antü. Y un día fue a buscar a Kai-Kai Filu, la serpiente alada, para pedirle que revolviera las aguas de los lagos para que olas inmensas arremetieran contra los hombres y los amedrentaran como castigo a su conducta.

La serpiente de tierra, de corazón bondadoso, escuchó la petición de Antü y lanzó un silbido de alerta que corrió por el viento convocando a los hombres en lo alto de la montaña de Tren-Tren. Los mapuches, aterrados, emprendieron la escalada, pero las olas furiosas les lamían los talones y borraban el suelo bajo sus pies. Muchos hombres rodaron montaña abajo y fueron a caer a las profundidades del lago, en los dominios de Kai-Kai Filu, mientras el dios Sol, enfurecido, arrojaba lanzas de fuego que derribaban a los que habían logrado llegar a la cima.

Cuando cesó la tormenta, casi todos los hombres habían muerto. Sólo dos criaturas humanas lograron salvar la vida. Un niño y una niña que crecieron sin padre ni madre, sin el amparo de las palabras, sin abrigo. Fueron amamantados por una zorra y un puma. Después aprendieron solos a comer raíces y frutos en lo alto de Tren-Tren. Esa pareja de niños desamparados fue el origen de todos los mapuches.

Dicen que el corazón de Antü se oscureció después que sus hijos murieran. Desde entonces, pocas veces se deja ver entre los hombres. Las semillas no brotan como antes y las cosechas son escasas. Kushe jamás entendió que la ira de Antü fuera capaz de destruir a sus propios hijos y todavía no puede perdonarle. Anda sola por el cielo escondiendo entre las nubes su cara entristecida.

24

INTI Y MAMA-QUILLA
Leyenda inca

Pachacutej, el dios supremo de todas las cosas, dispuso que Inti, el Sol y Mamá Quilla, la Luna, siempre distantes, se encontraran por fin. Y así fue. Un día llegaron los dos al mismo tiempo a un punto del universo y se juntaron. Se amaron con tal pasión que una enorme mancha cubrió la superficie del Sol y una sombra se extendió sobre la Tierra. De repente, se hizo de noche y en pocos minutos hubo un nuevo amanecer. De su encuentro nacieron dos hijos, un hombre fuerte de piel dorada al que llamaron Inca y una muchacha delicada y pálida a la que dieron el nombre de Mamauchic. Ambos fueron enviados a vivir en las aguas del gran lago sagrado, con la misión de gobernar en el mundo y enseñar a los hombres a adorar al rey de los astros.

Los hijos del Sol y la Luna se echaron a andar por el mundo y descubrieron hombres salvajes, luchadores como las fieras y dispuestos a matar por comida. Inca subió a la cima de la montaña de Huanacauti y desde allí fue escuchado por los habitantes de las laderas. Les dijo que su padre Sol le había enviado para enseñarles a labrar la tierra y a sacar provecho de sus frutos. Mamauchic habló a las mujeres en la tierra llana anunciándoles una vida mejor dirigida por la bondad, el amor y la prudencia. Los hombres se encargaron de la labranza y de proporcionar el alimento. Las mujeres hilaban las fibras y tejían los vestidos.

Inca y Mamauchic vivieron en la Tierra como si fueran de la misma raza que los hombres. En poco tiempo, las chozas de barro y paja que los abrigaban del frío poblaron toda la zona de Cuzco y el imperio se extendió desde el río Pancarpata hasta las aguas del Apurimac. La tierra se hizo fértil y los campos sembrados dieron tantos alimentos que todos los hombres pudieron comer hasta quedar satisfechos. Y ya nunca más tuvieron que batirse entre ellos como fieras.

Los hombres adoraban a Inca y, agradecidos por sus enseñanzas, fueron inventando nuevas maneras de nombrarlo. Expresaron su respeto y cariño llamándolo Manco-Capaj, que quiere decir rico en justicia y en bondad, o Zapallan-Inca, que significa señor de los señores. Hasta que un día, Inti, viendo que los hombres tenían ya el conocimiento necesario, decidió llevar a su hijo de vuelta al cielo. Y así fue como Manco-Capaj, que había vivido como un hombre cualquiera, cayó enfermo sin que nadie pudiera hacer nada para salvar su vida. Vinieron gentes de todo Cuzco a darle la despedida, los sacerdotes y los soldados apenas podían contener las lágrimas en su presencia. Él los consolaba, les decía que nunca debían olvidar lo que habían aprendido.

Pero un día llegaron noticias desde el sur. Habían encontrado un remedio capaz de curar el mal que estaba matando a Manco-Capaj. Los hombres se prepararon para llevar al monarca por el largo camino a través de la cordillera. Anduvieron por valles y montañas, por caminos empedrados, por riscos y barrancos en busca de la medicina que habría de curarle. Hasta que llegaron al borde de un río muy caudaloso y, al no poder cruzarlo, decidieron caminar junto a su curso.

Las aguas bajaban en torrentes altísimos y reventaban contra las rocas en un estruendo que se perdía entre el monte. Las pendientes eran muy empinadas y el río torcía su lecho en una curva estrecha que les cerraba el paso. Habían llegado a un punto muerto. No había manera de seguir el curso del río y tampoco de atravesarlo. Los hombres no tenían salida, tenían que regresar. Miraron tristes al monarca, que ya casi moría dormido, lo rodearon para que no pasara frío y se prepararon para pasar la noche.

Inti, que ya se estaba ocultando, quedó conmovido por el valor de los hombres, por la fortaleza que les llevó a semejantes hazañas, sólo por amor a su jefe. Entonces llamó a Mama-Quilla, la Luna, para que también lo viera y juntos decidieron ayudarles. Al despertar al día siguiente, los incas quedaron maravillados de ver que un ancho puente se tendía delante de ellos y les marcaba el camino hacia el sur. Alegres y animosos, emprendieron de nuevo la travesía y cruzaron el puente que los dioses habían construido para ellos sobre las turbulentas aguas del río.

Cuentan que Manco-Capaj logró llegar al sur y beber de la preciosa medicina. Gracias a ella, pudo quedarse más tiempo entre los hombres. Todavía puede verse, al noroeste de Mendoza, el Puente del Inca uniendo las orillas del río Cuevas, cuyas aguas siguen azotando las piedras del empinado lecho.

25

EL SOL ROJO GUARANÍ

Leyenda del Paraguay

Igtá, hábil nadador y valiente guerrero de la tribu, estaba enamorado de Picazú, la paloma torcaz. Ambos jóvenes querían casarse y pidieron el consentimiento de sus padres. Los ancianos estuvieron de acuerdo, pero antes de dar su permiso consultaron a Tuyá, el adivino, para que preguntara a los dioses si lo aprobaban. Tuyá les dijo que tendrían que pedir el consentimiento de la Luna.

Una noche más clara que ninguna, un rayo de luz de plata envolvió los campos y las casas de los hombres. Éste fue el signo de que la Luna aprobaba la unión. Igtá y Picazú podían casarse, pero era menester que Igtá demostrara su valor para que todos supieran que era digno del amor del Picazú.

Tuyá, el adivino, dijo que debería cruzar el lago nadando sin más ayuda que la fuerza de sus brazos y sus piernas. Después tendría que ir a buscar unas cuantas piezas de caza y traerlas ante su futura esposa como promesa de que nunca les faltaría el alimento. Esos eran los designios de la Luna, dijo el adivino.

Las pruebas impuestas por la diosa de la noche fueron cumplidas con rigor y, al cabo de tres días, se celebró la boda. Alrededor de una enorme hoguera, las mujeres y los hombres comieron, cantaron y bailaron llenos de la alegría que compartían con Igtá y Picazú. Pero antes del anochecer, el cielo límpido se cubrió de nubes y un terrible aguacero cayó sobre la tierra y apagó la hoguera.

Era el llanto de Tupá, el dios Sol, al que los hombres habían olvidado. Estaba resentido y furioso y mandaba chorros de agua desde el cielo para manifestar su desacuerdo con la boda que se estaba celebrando. Así lo interpretó Tuyá, el adivino, quien además les explicó que los recién casados tendrían que ser desterrados de la tribu y sumergirse en las aguas del lago antes que cayera el sol del día siguiente. Si sobrevivían, llegarían a una isla a vivir con otros parias que también habían contrariado la voluntad de Tupá.

Las gentes de la tribu los repudiaron. Cuando se lanzaron al agua y comenzaron a alejarse de la orilla, les insultaron y les tiraron piedras para aplacar la furia del dios Sol. Igtá y Picazú habían conseguido casi llegar hasta la isla, pero un grupo de guerreros los seguían con sus canoas. Cuando estuvieron cerca, uno de ellos lanzó una flecha y los demás en seguida lo imitaron. Heridos y agotados, Igtá y Picazú se hundieron en las profundas aguas del lago antes de alcanzar la orilla.

En ese instante, Tupá, el Sol, se compadeció de los jóvenes que tenían corazones nobles y que estaban siendo atacados por un grupo de feroces guerreros que los acosaban sin piedad. Con sus últimos rayos, tiñó de rojo el cielo y las aguas. Los guerreros, temerosos, huyeron despavoridos. Las olas rojas del lago empujaron los cuerpos aún con vida de los amantes hacia la playa. Así se salvaron. Igtá y Picazú vivieron lejos de todos, desterrados, rechazados por su gente, pero felices de estar juntos.

26

EL SOL Y LA NOCHE

Leyenda dominicana

Al Sol se le iban las horas acariciando la cúspide de la montaña. Le regalaba collares hechos con jirones de nubes y diademas de arco iris para adornar su cabeza. Ella, silenciosa y serena, se dejaba seducir por las caricias cálidas, por los regalos de luz. De su amor nacían hijos verdes cargados de hojas enormes y frutas que adornaban las faldas de la madre montaña.

El Sol estaba orgulloso de ser el rey, de ser amado eternamente por la montaña y de sus hijos verdes que nacían y crecían engalanando la tierra. Nunca se separaba de ellos. El día duraba siempre. No había un lugar en el mundo donde no llegaran sus poderosos rayos. Pero un día, el sol miró de reojo a la montaña y en un risco descubrió una grieta. Era la entrada de una caverna cubierta de enredaderas, de hiedras y de helechos gigantes. Se alzaba allí una vegetación tan espesa que era imposible que sus rayos la traspasaran.

El rey Sol, el centro del universo, no podía entender que hubiera un lugar donde a su luz no se le permitiera entrar. Entonces lanzó sobre la grieta rayos suaves de alborada que, durante largas horas, estuvieron peleándose con la escarcha y el rocío hasta que al fin los fundieron. Pero no pudieron atravesar el manto verde que cubría la grieta y no consiguieron entrar en la cueva.

El Sol mandó entonces rayos más fuertes, de media mañana, que iluminaron las hojas verdes y calentaron la superficie de las rocas. Pero tampoco estos rayos lograron pasar de la puerta del oscuro lugar. El Sol, cada vez más enfurecido, lanzó sus rayos más potentes; rayos de mediodía para que secaran las hojas, marchitaran las plantas y quemaran las piedras. Pero la caverna seguía cerrada y sin luz.

Colérico, llamó a su hermano, el viento, que vino veloz a arrancar el collar de nubes que la montaña llevaba puesto para desatar la lluvia. Durante horas y horas el viento y la lluvia azotaron sin piedad a la montaña. Arrasaron cedros y caobos, quebraron encinas y ébanos, destrozaron limoneros y guayabos. Pero de nada sirvió porque la grieta permaneció cerrada y la cueva sin luz.

Cuando la lluvia y el viento se dieron por vencidos y abandonaron la tierra, miles de hilos de plata corrieron ladera abajo. Era el llanto incontenible de la montaña, dolorida por sus árboles caídos. Los riachuelos de lágrimas que dejó caer la montaña, inofensivos, delicados, atravesaron fácilmente la espesura que cubría la grieta de la roca y entraron con suaves susurros en la cueva. Una mujer de sombra, con la piel de sueños y los pies transparentes, salió a través de las enredaderas. La larga cabellera, negra como el carbón, le cubría el cuerpo desnudo y de lo más profundo de su pecho brotó un grito de dolor.

El Sol, vencedor, le clavó en los ojos una mirada de fuego que ella trató de esquivar, pues no podía soportarla. Quiso correr a esconderse de nuevo, pero las raíces le habían atrapado los pies. No tuvo más remedio que enfrentarlo y devolver desde sus ojos una mirada altiva, oscura como las aguas de un pozo. Una mirada fría que el Sol no había visto jamás y que le penetró en el cuerpo como un millón de agujas de hielo. Entonces, los colores escaparon. La mujer sacudió la cabeza y el negro inmenso de su pelo se extendió en el cielo y cubrió todo lo que había sobre la Tierra.

Ese día no hubo vencedores ni vencidos. Desde entonces, el Sol, después de reinar doce horas en el cielo, besa a la montaña y con sus últimos rayos le hace un vestido rojo que ella lleva cada atardecer. Después se oculta y da paso a la noche para que salga de su escondite, para que menee su larga cabellera y extienda su pelo oscuro, donde brillan miles de estrellas.

27

SETETULE

*Leyenda de los chocoes**

Para proteger a los hombres de la inclemencias de una devastadora guerra, el dios Rien los guió por un largo camino que terminó a orillas de un caudaloso río. Allí, los hombres construyeron sus bohíos, limpiaron el terreno para la siembra y formaron un pueblo nuevo. En ese lugar nació Setetule, una niña preciosa a la que Rien colmó de dones. Setetule podía mirar al sol de frente sin deslumbrarse con su luz y todo lo que le pedía le era concedido.

Al principio se crió a orillas del río como cualquier otra niña. Sólo que era tan hermosa que su presencia alegraba a la gente que la veía y parecía que el día era más luminoso cuando ella andaba cerca. Era consciente del don que el dios Rien le había dado desde que nació, pero jamás le pedía al Sol cosas que no fueran en beneficio de su pueblo. Nunca pidió nada para ella, nada que codiciara de otros, ni siquiera de los cunas, los mayores enemigos de su pueblo. Era un regalo del cielo para los chocoes que, felices de tenerla a ella, no pedían nada más a los dioses.

Un día, Setetule fue a bañarse en el pozo de agua cristalina que se formaba en un recodo del río. Al ver su imagen en el espejo del agua se dio cuenta de lo hermosa que era y, por primera vez, fue vanidosa. Desde

---

* Los chocoes viven en el departamento de Choco, ubicado en Colombia en los límites con Panamá.

entonces no vivió más que para cultivar su belleza. De los lugares más remotos llegaban cada día pretendientes apasionados atraídos por los rumores de su hermosura. A los pocos que lograban verla, ella los iba rechazando antes de conocerlos y los hombres emprendían el camino del vuelta con el corazón herido para siempre por el desprecio de la mujer más hermosa de cuantas habitaban en el mundo.

Pero hubo uno que no se resignó a sus negativas. Fue Mori Suri, un mago de la tribu de los cunas que conocía todos los secretos de la naturaleza. Había ofrecido a Setetule las plumas exóticas del quetzal y la flor extraña del ambasarú, que cambia de color y hace olvidar todas las penas a quien la mira durante unos minutos. Muy pocos conocían los poderes de la flor que crecía en tierras lejanas custodiada por una serpiente emplumada. Pero Moli Suri, que había viajado muy lejos para conseguir los regalos preciosos, también fue rechazado por la bella Setetule.

El mago no abandonaba su empeño de conseguir el amor de la mujer más deseada de la selva y ella, agobiada por tanta insistencia, miró al Sol y por primera vez pidió un deseo. La luz del sol le deslumbró los ojos y tuvo que cerrarlos para calmar el dolor. Cuando bajó la mirada, vio que Moli Suri la observaba burlón desde lejos. El mago le dijo que por sus malos deseos había perdido el favor de Rien y que, como castigo a su conducta, caería en un profundo sueño del que no despertaría hasta que los dioses lo dispusieran. Después el hechicero estiró los brazos y comenzó a hacer signos extraños con las manos. Setetule cayó dormida, él la levantó del suelo y se la llevó.

Caminó muchas jornadas con la muchacha dormida en sus brazos hasta que llegó a lo alto de la sierra de Talarcuna. La puso sobre la tierra y, cuando el cuerpo de Setetule tocó el suelo, se convirtió en un cerro de piedras levantado en medio de dos grandes montañas. En su interior, Moli Suri guardó toda suerte de metales preciosos que siguen despertando las pasiones de los hombres, igual que antes lo hiciera la belleza indescriptible de la joven hermosa, que jamás regresó a la tribu de los chocoes.

28

Kaliwakúa, la luna caníbal
Leyenda sikuani

Kaliwakúa se ofrecía a cuidar a los hijos de su hermano mientras él se iba a trabajar en la sementera. Sin que él lo supiera, se los llevaba a un cuarto apartado y les decía que tenían que sentarse en un banco, mirando al suelo, para sacarles los piojos. Los tomaba del cuello y estiraba las venitas que brotaban para beberse la sangre hasta que los niños morían. Después ella y su marido los echaban al fuego para cocerlos en el asador de yuca. Se repartían la carne con sus hijos y se la comían. Guardaban las uñas y los dientes de los niños muertos para hacerse collares que se colgaban del cuello cuando era tiempo de baile.

Cuando desapareció el último hijo que quedaba, el hermano de Kaliwakúa volvió de la sementera y comenzó a buscarlo. La mujer dijo a su hermano que el niño se había escapado y que seguramente vendría al anochecer. Pero el Sol iba cayendo y el niño no volvía. Más tarde, el hombre escuchó que los hijos de su hermana se quejaban de hambre y como no encontraron nada que comer pidieron a su madre que les diera carne humana.

Al oír estas palabras, el hombre empezó a sospechar de su hermana y a imaginarse lo peor. Molesto, le dijo que se fuera muy lejos, que no quería verla nunca más, que desapareciera con su marido y todos sus hijos en el monte. Sin embargo, Kaliwakúa tenía un niño que, aunque ya estaba crecido, no caminaba y, como el trayecto era largo y difícil, su tío permitió que se quedase en su casa.

El hombre crió al muchacho como si fuera su hijo. Sobre sus hombros, lo llevaba de paseo por la selva, a trabajar en la sementera y a cazar. Un día, mientras caminaban por el monte, el chico le dijo que había visto un venado y que quería cazarlo. Le pidió que lo dejara en el suelo, que él mismo iría a gatas a perseguir la presa. Cuando el muchacho tocó la tierra, el hombre lo vio convertirse en un jaguar que se deslizaba sigiloso entre las ramas, lo vio saltar sobre la presa y darle un zarpazo que le rompió la nuca. Pero no dijo nada cuando lo vio regresar, transformado de nuevo en niño, caminando a gatas con el venado entre los dientes.

Cuando volvieron a casa, el hombre, para no asustarla, ocultó lo sucedido a su mujer. Al día siguiente salieron otra vez juntos a cazar. En un recodo del camino encontraron una cesta llena de animales ahumados, listos para comer. El chico le dijo a su tío que esa comida era de sus hermanos, que andaban por ese lugar; pero que siempre se escondían porque le tenían miedo. El hermano de Kaliwakúa respondió que no hacía falta que se escondieran, que no pensaba hacerles ningún daño. Los chicos, que estaban ocultos oyendo la conversación, salieron de su escondite, saludaron a sus parientes y les enseñaron dónde vivían. Desde entonces, cazaban presas para su tío y le dejaban cestas llenas de comida cerca de donde él vivía, pero nunca entraban en su casa porque les daba vergüenza y miedo.

Un día, el chico dijo a su tío que echaba de menos a los suyos, que quería volver con ellos y vivir de nuevo con sus padres. El hombre lo llevó en hombros por la selva hasta llegar a un lugar cercano a donde vivía Kaliwakúa, lo puso en el suelo y lo vio llegar a casa de su madre convertido en jaguar. Como ya sabía el lugar exacto donde Kaliwakúa vivía, una tarde fue a buscarla para proponerle que se reconciliaran, que hicieran una fiesta y que olvidaran las discusiones pasadas.

Después el hombre regresó a su casa y en dos cuencos preparó dos bebidas de caña diferentes. Una era sólo bebida fermentada para darle a todos los convidados, pero en la otra había mezclado el jugo venenoso de la liana para pescar y la reservó para dársela a Kaliwakúa y a su marido. Al día siguiente, cuando llegaron los invitados, el hermano de Kaliwakúa repartió las bebidas. A su hermana y a su cuñado les dio el cuenco que les tenía preparado y ellos bebieron hasta que se emborracharon y comenzaron a bailar. Cuando estaban ya ebrios y casi sin sentido, Kaliwakúa y su marido sacaron los collares de la danza donde colgaban las uñitas y los dientes de sus sobrinos asesinados. Sin darse cuenta de lo que hacía, Kaliwakúa sacudió los collares, al tiempo que gritaba orgullosa que eran los restos de la carne que ella misma había cazado.

El padre de los niños muertos se encolerizó. Agarró por los brazos a su hermana y al marido y los arrastró hasta el lugar donde ardía el fuego. Como estaban tan borrachos tardaron en reaccionar y, cuando salieron, ya estaban medio quemados. Ella saltó del fuego y de un brinco cayó en el río. Su marido huyó despavorido y atravesó en llamas la sabana.

Kaliwakúa salió del agua convertida en el astro que alumbra a medias por las noches. Su hombre no paró de correr hasta que subió al cielo convertido en Sol.

Dicen que los chamanes invocan a Kaliwakúa en noches de luna llena, cuando quieren hacer daño a los hombres. La víctima que está pescando sola en el río oye la voz de Kaliwakúa que baja del cielo a devorarla, convertida en un monstruo alado, mitad águila, mitad jaguar. Cuando el pescador oye el aullido y huele en el aire a Kaliwakúa, debe encender un cigarrillo y rezar una oración. Sólo así se consigue que el monstruo se marche y pueda salvarse de su ataque.

29

LA BOLA DE ORO DEL CÓNDOR

*Leyenda andina colombiana**

Los hombres de las montañas vivieron durante mucho tiempo en medio de la oscuridad, alumbrándose apenas con el brillo de las figuras de oro que fabricaban. Cansados de las penumbras, fueron en busca del cóndor, señor de los picos nevados, que guardaba en secreto la bola de oro capaz de alumbrar el mundo. Mucho tiempo lo siguieron y un día vieron que el ave negra dejaba caer la bola al lado de un peñón donde tenía su guarida.

Los hombres recorrieron las rocas empinadas y al fin dieron con la bola y la cogieron. Con la vista hacia el poniente, le dieron un soplo tan fuerte que la bola voló hasta el cielo y allí se quedó prendida, iluminando al mundo con su luz. Al ver lo que estaba sucediendo, la oscura noche desapareció espantada y la claridad se extendió sobre el mundo. A la luz del día los sacerdotes dieron forma y vida a los espíritus de animales y plantas.

Pero los hombres temían al señor de los picos nevados. Le habían robado la bola de luz y para calmar su furia cada mañana las mujeres le dejaban pepitas de oro al lado del peñón. Al mediodía los niños le llevaban plumas doradas y por la tarde los orfebres le dejaban figuras de animales de oro macizo. A cambio, el cóndor, agradecido, permitía que el Sol saliera cada día a iluminar el mundo.

---

* Al igual que en otras culturas de América del sur, el cóndor de oro está presente en muchas de la historias que se cuentan en los alrededores de los nevados del Tolima, el Ruíz y el Santa Isabel, en la zona andina de Colombia.

Así pasó mucho tiempo. Los hombres antiguos, los astros y los dioses vivían en paz en la montaña. Hasta que una noche la Luna comenzó a brillar de una manera extraña sobre los picos nevados. Los animales estaban asustados y corrían sin rumbo por el campo mientras el búho ululaba como si previera la llegada de un acontecimiento terrible.

Los sacerdotes descifraron los signos y anunciaron la llegada de guerreros feroces que vendrían desde el mar. Hombres, mujeres y niños, confundidos en medio de la extraña claridad de la noche, cargaron todo el oro que tenían y huyeron a las cumbres de los páramos.

Las mujeres tiraron su carga en las lagunas de las tierras altas y uno de los sacerdotes tomó una piedra blanca de cóndor en la mano y rezó un conjuro para que las ofrendas quedaran ocultas en el fondo del lago. Después, él mismo se tiró al agua para cuidar las ofrendas para siempre. Hombres, mujeres y niños siguieron caminando hasta encontrar una cascada que caía del cerro. Otro de los sacerdotes, con una piedra blanca en la mano, acompañó las plumas doradas que los niños tiraron a la corriente. Anduvieron muchas horas para llegar a la boca del volcán donde los hombres lanzaron sus pesados animales de oro, antes que el último de los sacerdotes, llevando una piedra blanca en la mano, descendiera hasta hundirse en la masa de barro espeso en el interior de la montaña de fuego.

Cuentan que la gente siguió caminando sin parar, que llegaron al borde de un precipicio y que allí desaparecieron para siempre. Todo el oro disperso se fue juntando en las entrañas de la tierra y se posó debajo de las rocas, en la cima de los picos nevados donde el cóndor lo custodia. Un día el ave misteriosa emprenderá el vuelo desde una cumbre blanca y los tesoros que guarda se fundirán en una inmensa bola de fuego que rodará por la tierra quemando todo a su paso. Así se borrará la vida. Ése será el fin del mundo que se acabará cumpliendo las palabras de la gente antigua.

Leyendas de tierra, de agua, de viento y de fuego

30

GUATAVITA*

Leyenda muisca

Los ojos de la cacica Guatavita se entristecieron al notar que el cacique ya no la quería. Desde hacía mucho tiempo, el cacique estaba inmerso en un torbellino de fiestas, de chicha, de borracheras que no tenían fin. Se había olvidado por completo del amor de su esposa y de la hija que ambos tenían. Guatavita pasaba los días con su pequeña al lado de la laguna. Se abandonaba a su tristeza y las horas perdidas se le iban mirando las aguas.

Un día, en una de las fiestas del cacique, Guatavita notó que un hombre la seguía con la mirada. Era un guerrero joven de brazos fuertes y sonrisa dulce. Ella, al principio, intentó esquivarlo, pero sus ojos eran tan profundos que no pudo resistir el deseo de perderse en ellos. Desde la primera vez que sus miradas se cruzaron ya no pudieron dejar de amarse.

Se encontraban por las noches en el campo o en medio del bosque, en lugares secretos donde nadie los viese. Al amparo de las estrellas dieron rienda suelta a una pasión más fuerte que los vientos, a un amor más profundo que las aguas de la laguna donde se bañaban bajo la luna llena.

Pasó algún tiempo. Un día el cacique empezó a notar que una inexplicable alegría brillaba en la cara de Guatavita. Aquella extraña euforia y los rumores que corrían por la tribu la pusieron en guardia. Sin embargo, no

---

* La leyenda de El Dorado despertó la fiebre del oro en los conquistadores españoles. Un punto geográfico de esta leyenda fue la laguna de Guatavita, ubicada en la zona central de los Andes colombianos.

quiso preguntarle nada a su esposa, decidió seguirla en silencio, a escondidas, por no despertar en ella alguna señal de alarma.

No tuvo que esperar mucho tiempo para comprobar lo que ya todo el mundo andaba murmurando. Los vio una noche junto a la laguna, riendo alegres, amándose sin miedo y sin pudor. Tampoco entonces dijo nada. Se quedó escondido hasta que los amantes se despidieron.

Esperó a que cada uno tomara su camino y en silencio volvió a casa y preparó su venganza. A la mañana siguiente, un grupo de hombres al servicio del cacique salió en busca del guerrero. Sin que nadie lo supiera, lo apresaron, lo asesinaron y le cortaron el pene y le sacaron el corazón antes de abandonar su cuerpo.

Mientras tanto el cacique organizó una fiesta en honor de su esposa. Ella, que no estaba acostumbrada a ser tomada en cuenta, se vistió para la ocasión, se adornó con sus joyas más llamativas y se presentó al jolgorio. El cacique, borracho, al verla llegar hizo callar la música y las voces del público y mandó que trajeran para su invitada de honor el macabro banquete que le había preparado. Un criado le sirvió un plato con el corazón y el pene del guerrero asesinado.

Guatavita no pudo contener el llanto y la desesperación. Salió corriendo horrorizada, humillada y herida por el dolor de haber perdido al hombre que amaba. El cacique la dejó partir sin decir palabra, después, se dirigió a sus invitados, ordenó que continuara la fiesta y que les sirvieran más chicha para que no se disipara su embriaguez.

No se sabe cuánto tiempo anduvo ella perdida sin rumbo por el bosque. En un impulso desesperado fue a su casa, en busca de su tesoro más preciado: su hija. La pequeña dormía y no pudo ver el rostro desencajado de la madre cuando, llevándola en brazos, se lanzó a la laguna.

El ruido de los cuerpos al caer despertó a los sacerdotes guardianes del lugar que alcanzaron a ver a las dos figuras hundiéndose en el agua. Sin perder un segundo, fueron al lugar de la fiesta y encontraron al cacique todavía borracho. Cuando le contaron lo que habían visto, él comprendió cuánto amaba a Guatavita y a su hija. Enloquecido por el dolor y desesperado pidió a los sacerdotes que las sacaran del agua y que le devolvieran a cualquier precio a sus seres más queridos.

Muchos días duró la búsqueda de los sacerdotes, que se sumergían una y otra vez en las profundidades de la laguna sin encontrar nada. Por fin, uno de ellos salió a la superficie y contó lo que había visto: Guatavita vivía feliz en el fondo, al lado de la serpiente sagrada que la cuidaba y la protegía de los peligros del agua.

—Sacad entonces a mi hija —ordenó el cacique.

Pero cuando los sacerdotes se la trajeron, vio con horror que ya no tenía ojos. Habían sido devorados por los peces. Entonces él mismo pidió que fuera devuelta al agua. Que se quedara para siempre al lado de su madre.

Desde entonces, el cacique vivió sólo para guardar el recuerdo de lo que más amaba y sufrir la angustia de haberla perdido para siempre. Buscando el perdón honró con ofrendas de oro y esmeraldas a Guatavita y a la serpiente sagrada que se convirtió en su custodia.

En las noches de luna llena, todavía se ve a la hermosa cacica salir de las aguas. Dicen que augura para su pueblo tiempos de alegría y prosperidad. Que esos tiempos vendrán. Algún día.

31

Quena
*Leyenda andina**

En el comienzo de la historia Quena y Fausti todavía eran felices. Por las tardes corrían por el bosque cogidos de la mano hasta caer exhaustos en el suelo unidos en un abrazo que duraba toda la noche. Al amanecer despertaban y volvían a encontrarse uno en los ojos del otro. Y era el más feliz de los encuentros. Después de la despedida cotidiana, Fausti se marchaba a cazar alguna presa para comer y Quena se iba de árbol en árbol buscando frutos, raíces y fibras para tejer y preparar un lecho.

Nunca pasaban dos noches en el mismo lugar. Su casa era el bosque. Una casa inmensa donde cada uno se perdía en un laberinto de ruidos de animales escondidos y hojas de ramas y matorrales. No habrían podido volver a encontrarse de no ser porque por la tarde a Quena ya le pesaba la ausencia de Fausti y cantaba para aliviar su soledad. Entonces el viento bailaba entre los árboles y sin darse cuenta iba arrastrando la voz de Quena por el bosque.

Allí donde Fausti anduviera persiguiendo bestias con el arco y la flecha, la voz de Quena le llegaba clara como el agua. No tenía más que seguir el rastro de su música en el viento para encontrarla cada tarde. Y correr con

---

* La quena es un instrumento de viento. Uno de los más antiguos, y sin duda el más utilizado por las comunidades indígenas en la Cordillera de los Andes. Su música alegra las fiestas y da solemnidad a las ceremonias y acompaña la vida en labores cotidianas. Se fabrica con diferentes tipos de caña hueca.

ella y caer al suelo y abrazarla hasta que la oscuridad de la noche se les venía encima. Hasta que el sol volvía a salir sobre el tejado de ramas y pájaros y helechos, y un rayo de luz los despertaba y se veían otra vez el uno en los ojos del otro. Y todo volvía a comenzar.

Pero una tarde los dos corrieron tan lejos que salieron del bosque. Llegaron a una pradera de hierba sin árboles y allí mismo se dejaron caer. Era un lugar hermoso bajo la inmensidad del cielo. Vieron el sol que se ponía delante de ellos como un inmenso globo dorado más allá de la montaña. Fausti y Quena, que nunca habían visto una puesta de sol dentro del bosque, quedaron fascinados por la luz que brillaba en el cielo de oro.

Esa noche los ojos de Quena no pudieron conciliar el sueño. Se quedó tendida con los ojos abiertos, hipnotizados por el brillo del sol de oro que hacía muchas horas que se había escondido. No valieron las caricias ni los mimos ni las palabras dulces de Fausti para despertarla del hechizo. Cuando amaneció, agotado y triste por la indiferencia de Quena, Fausti le preguntó qué podía hacer para aliviarle la mirada. Pero ella no respondió. No volvió a pronunciar palabra, ni a cantar. A Fausti le dio miedo irse a cazar por que sin su canto no sabría cómo encontrarla de nuevo. Entonces empezaron a comer raíces y algún pájaro que él lograba derribar con su flecha sin alejarse de ella, que seguía con los ojos abiertos. Muda y sorda a los ruidos del mundo.

Pasaron cuatro días. Al quinto amanecer, con esa mirada que no miraba sino que parecía atravesar los ojos de Fausti, Quena habló por fin.

—Has de ir allí —dijo—, al lugar donde se pone el sol y traerme la bola de oro que enciende la tarde. Así mis ojos podrán descansar, podré dormir por las noches y despertar de nuevo en tus ojos y amarte y cantar para que puedas ir a cazar y regresar a mi lado.

Era peligroso irse y dejarla a merced del hechizo del sol de oro para buscar la bola de oro que se escondía muy lejos, más allá del bosque y la montaña. Era un lugar que Fausti jamás había pisado. Pero ya no soportaba ver los ojos secos de Quena, siempre abiertos y mirando a ninguna parte. No soportaba el silencio de las tardes sin su canto ni la quietud del viento. Así que después de pensárselo todo el día, al anochecer decidió partir a buscar la bola de oro del sol.

Esa noche Quena se echó a andar para calmar el frío de su soledad. Caminó sin rumbo buscando calor, pero lejos de Fausti, la oscuridad era un desierto helado. Al despuntar el día empezó a sentir hambre y cuando quiso buscar algo para comer no supo reconocer la diferencia entre las raíces comestibles y las venenosas. Había olvidado todo lo que sabía. No entendía el ruido de los pájaros y no era capaz, ni siquiera, de cantar.

Sin Fausti se dio cuenta de que estaba perdida. Entonces maldijo haberle pedido que se fuera, maldijo a la bola de oro que le hechizó los ojos y maldijo también la hermosa tarde en la pradera desnuda de árboles cuando vieron la primera puesta de sol. Anduvo entre los árboles hasta que encontró cobijo a los pies de un matorral de caña brava. Y ahí se quedó, enroscada en silencio como una serpiente, esperando que un milagro le trajera a Fausti de vuelta. Sabía que el camino que él había emprendido era largo y difícil, y a ella no le quedaban muchas fuerzas.

Mucho tiempo después, cuando Fausti volvió envuelto en el brillo de oro del sol, la encontró muerta, hecha un ovillo a los pies de la caña brava. Ocho días con sus noches lloró Fausti la muerte de Quena, hasta que sus ojos secos de llanto se quedaron dormidos. Y soñaron. Y en el sueño de Fausti, el dios del viento, conmovido por su dolor, le enseñó a fabricar una flauta con un hueso de ella para que pudiera recuperar su voz.

Al despertar, Fausti no quiso destrozar el cuerpo de su amor, y en lugar de un hueso suyo cortó uno de los palos de la caña brava donde murió. Así talló la flauta. Y cuando la hizo sonar como el dios del viento le había enseñado, descubrió que el sonido era la voz de Quena, melancólica, como venida de lejos, pero su misma voz. Ésa que sabía indicarle el camino de regreso.

Desde entonces, una quena se oye en los bosques andinos a la hora del atardecer. Es Quena, que vuelve al encuentro de Fausti lanzando al viento sus tristes mensajes de amor.

32

EL REGALO DEL FUEGO

Leyenda mapuche

Cuando no existía el fuego, los hombres comían los alimentos crudos y tenían miedo de la oscuridad y el frío. Al anochecer entraban en las grutas de piedra de la montaña y se apiñaban todos juntos, con sus animales, para que la piel de las llamas y de los perros salvajes que habían domesticado les diera calor.

Sus dioses y sus demonios eran espíritus de luz que hacían brillar las estrellas cuando estaban de buen humor, o brotar fuego y lava del agujero que había en lo alto de la montaña cuando se enfadaban. La oscuridad era signo de enfermedad y de muerte.

Una noche, Caleu, que vivía con su mujer Mallén y su pequeña hija, Licán, vio una nueva estrella en el cielo. Brillaba más que ninguna otra y tenía una larga cabellera dorada. Caleu no lo dijo a nadie, pensaba que era un signo de los dioses pero no sabía si era un presagio de desgracias o de bendiciones. Los demás no tardaron en descubrir la nueva estrella y entre todos decidieron que harían turnos desde sus grutas para vigilarla por la noches.

El verano terminaba. Era el tiempo en que las mujeres subían con sus niños a la montaña a buscar frutos secos y raíces de los bosques para tener comida suficiente en los meses de frío. Subían el cerro cantando y conversando, cargadas con canastos hechos de plantas trepadoras para recoger piñones y avellanas.

La expedición era como una fiesta de pájaros alegres sobre ramas de enredaderas. Mallén y la pequeña Licán se despidieron de Celu y se unieron al grupo. El hombre les advirtió que volvieran antes del anochecer, pero ellas lo tranquilizaron diciendo que si los encontraba la oscuridad en la cima, buscarían refugio en alguna gruta.

En lo alto de la montaña, las mujeres y los niños se entretuvieron con las ramas de las araucarias dobladas por el peso de los piñones y con los frutos redondos y colorados de los avellanos. El tiempo se les fue pasando sin saber qué hora era y, cuando se dieron cuenta, el Sol ya había bajado del cielo y estaba por ocultarse. No tenían tiempo para bajar antes de que cayera la noche. Mallén tomó a su hija de la mano y condujo a las mujeres por un sendero pedregoso que llevaba a la entrada de una gruta en los riscos de la montaña.

Cuando entraron había oscurecido por completo. Se abrazaron todas y en su abrazo cobijaron a los pequeños para espantar el miedo a la noche. Así estaban cuando se oyó un rugido que surgía de las entrañas de la montaña y un temblor sacudió la tierra. Al alzar la cabeza vieron que delante de la entrada de la gruta caía una lluvia de piedras que echaban chispas al chocar entre ellas. Las piedras ardientes rodaron como luciérnagas cuesta abajo y prendieron fuego a un árbol en la orilla del río. El fuego iluminó la noche con su luz y las mujeres y los niños dejaron de tener miedo.

Era el regalo de la estrella protectora de cabellos dorados. Las mujeres se sentaron alrededor del fuego a escuchar el ruido de las llamas como una música desconocida. Allí las encontraron sus hombres, que habían desafiado a las tinieblas para ir a buscarlas. Caleu se acercó al fuego y tomó una rama en llamas. Los demás hicieron lo mismo. Uno tras otro fueron cogiendo ramas encendidas y la procesión centelleante bajó de los cerros a las grutas donde tenían sus casas.

Desde entonces, los hombres tuvieron fuego para calentarse, para cocer los alimentos y para espantar el miedo en las noches oscuras.

Paisaje sagrado

Los incas habitaron un paisaje sagrado cuyas características geológicas iban más allá de lo insólito. Los lugares y objetos espirituales que poblaban dicho paisaje recibían el nombre de *buacas*. Éstos podían ser cuevas, picos de montañas e incluso cantos rodados o pilares de piedras.

Las leyendas nos muestran la estrecha relación que existía con la tierra, de la que, según los mitos, procedían los seres humanos. Una de las historias de la creación dice que Viracocha creó a los primeros humanos con barro y luego los depositó en diferentes cuevas, valles y montañas a la espera de la llamada de la vida. Cuando oyesen el canto de la vida se erguirían y, en sentido figurado, nacerían de la tierra donde estuviesen en ese momento. Dicha tierra se convertiría en su lugar sagrado y tribal de «nacimiento».

Por ello, cada tribu se encontraba arraigada a un lugar determinado. Para los incas, la tierra era un lugar para todas las gentes, pero cada *ayllu* (grupo tribal con parentesco) debía permanecer en su lugar propio.

Normalmente se veneraban las cuevas como lugares tribales de origen. El lugar en el que se había creado un ayllu por «nacimiento» era el lugar al que regresaban los miembros tras morir. En el siglo XVII, cuando los españoles estaban intentando desarraigar a los pueblos nativos, descubrieron entre 214 y 728 restos de momias en cuevas de las llanuras altas del Perú. Dichos ancestros momificados eran adorados, se les ofrecía alimentos en las épocas de cultivo y recogida de la cosecha, y ropas nuevas según la estación del año.

Cada una de las montañas, valles, cuevas, piedras o cantos rodados sagrados tenía sus propios espíritus locales.

Estar encerrado entre piedras no era necesariamente sinónimo de inmovilidad, ya que incluso existen leyendas y mitos sobre picos de montañas que podían desplazarse. En la provincia de Huarochirí, situada en las tierras altas del Perú central, la cumbre del Pariacaca, en su forma personificada, era capaz de moverse a través de los campos como un héroe o dios local.

Los picos o cumbres de las montañas también eran denominados *buacas*. Sin embargo, los grandes cantos o los muros de piedra también podían convertirse en lugares sagrados donde moraban los espíritus de los ancestros de la población local.

A pesar de que dichas creencias parezcan algo primitivas, existe una tradición bastante similar en la religión y folklore occidental, afirmándose que el barro y la roca son la carne y los huesos de la Tierra, de la que descendemos y a la que regresamos.

33

En las aguas de Nehuel Huapi*
Leyenda mapuche

Maitén y Collaán preparaban su boda para el comienzo del verano. Ya estaban listas las mantas, las ollas de barro, los cuencos, las vasijas y todo lo que les haría falta cuando vivieran juntos. Maitén fabricaba en secreto un collar de ostras para llevar colgado el día de la boda. Pasaba largas horas en la playa buscando conchas de caracol que iba ensartando para completar su collar.

Ahí estaba, en la orilla, cuando la vieron dos hombres desde su barca. Deslumbrados por su belleza, se acercaron y hablaron con ella. Fue una conversación extraña: los desconocidos, al cabo de un rato, trataron de convencerla para que fuese con ellos y se casara con uno de los dos. Maitén, desconcertada, antes de echarse a correr de regreso a casa, les explicó que estaba comprometida y que estas cuestiones las resolvían los padres.

Los hombres se marcharon, pero no se dieron por vencidos. Fueron a consultar a una machi para que les indicara qué debían hacer para conseguir a la muchacha de los caracoles. La vieja sacerdotisa les dijo que no era fácil someter las voluntades de las gentes y cambiar los designios de los padres en cuanto a las bodas de sus hijos. Había que invocar a la fuerza del

---

* Los macaes son aves acuáticas de alas cortas. Vuelan poco y son buenas nadadoras. Se zambullen en el agua para pescar a sus presas y colocan a sus crías en el lomo cuando nadan.

espíritu de Shompalhué, que habitaba en las profundidades del lago Nehuel Huapi, agitando sus aguas cuando se embravecía y volviéndolas mansas cuando estaba en calma. Después les dijo que se marcharan, que ella se ocuparía de todo.

Cuando la machi preparó sus hechizos y lo tuvo todo a punto, embarcó en su canoa y salió en busca de Maitén. La encontró sentada en una roca, admirando al sol su collar de conchas de caracol, que ya estaba casi terminado. Clavó el remo y le hizo un saludo a la muchacha. Hablaron de la boda y del collar. La machi le ofreció una concha, una muy especial, le dijo, para la que la ensartara con las otras y pudiera terminar su labor.

Maitén tomó la concha en sus manos. Era más grande que todas las que había visto, pero más fina y ligera que cualquier otra que hubiera encontrado. En su lado cóncavo había una mancha gris y rosa, con un círculo verdoso en el centro que parecía mirarla. Maitén quedó atrapada por el ojo de la concha; no podía apartar su vista del embrujo tornasolado que parecía dilatarse y contraerse sin parar. Poco a poco se fue adormeciendo y no supo en qué momento la machi la arrastraba y tendía su cuerpo en el fondo de la canoa. Tampoco vio cuando la vieja saltó a la orilla ni cuando empujó la barca con su remo alejándola de la costa.

Collaán andaba pescando cuando una canoa a la deriva y sin remo, interceptó la suya en medio del lago. Apenas pudo creer lo que sus ojos veían: Maitén dormía tendida en el fondo de la barca, con un collar de conchas alrededor del cuello. Collaán gritaba su nombre para despertarla, pero ella permanecía inmóvil, como una roca, mientras el Sol se iba ocultando y un viento frío erizaba la piel del agua.

La corriente empezó a arrastrarlos hacia un peñasco rocoso y, cuando estaban a punto de chocar, se abrió una grieta en la montaña. Las rocas cedieron y el agua corrió desbocada a través del cañón que se abría a su paso. Perdieron la canoa. Collaán, agotado por el cansancio y el frío se esforzaba por mantener a flote el cuerpo de Maitén. Pero la corriente los hundía y los levantaba como si fueran pajas movidas por el viento. Una ola enorme los sumergió por fin. Sus cuerpos se perdieron y enseguida las aguas se calmaron. El viento paró de soplar y del fondo del lago salieron juntos dos macaes brillantes como la plata, que se alejaron cantando por la superficie mansa del agua.

Dicen que cuando cae la tarde sobre el lago de Nehuel Huapi y los macaes nadan en grupo hacia la orilla, una pareja se aparta de la bandada. Son Collaán y Maitén que se quedan atrás para despedirse de Shompalhué, el espíritu del agua que los salvó de la muerte convirtiéndolos en pájaros y dejó que se quedaran juntos para siempre.

34

El jaguar y el fuego
Leyenda pemón*

Los hombres que abandonaron el campamento dejaron el fuego entre un manto de cenizas, a punto de apagarse, pero con los ojos todavía encendidos. El jaguar, que andaba buscando comida en el campamento vacío, se puso a husmear por ahí y, sin darse, cuenta sopló sobre las brasas y avivó el fuego. Fue entonces cuando los dos se pusieron a conversar.

El jaguar, que sólo pensaba cómo llenar su estómago vacío, preguntó al fuego de qué se alimentaba.

—De ramitas y hojas secas —dijo el fuego—. Pero no puedo alimentarme solo. Los hombres se han ido y me han dejado aquí muriéndome de hambre.

—Pues yo no soy como tú —respondió orgulloso el jaguar—. Devoro la carne tierna de las presas que acaban de morir bajo mis propias garras. Soy sigiloso y veloz como el viento. Puedo ir a donde quiera a buscar mi comida y hasta los hombres huyen cuando sienten mi presencia.

—Si te alimentas sólo de hombres y animales, entonces quiere decir que yo como más que tú —le dijo el fuego—. Porque aparte de ramas y hojas secas, cuando se despierta mi apetito soy capaz de devorar árboles enteros.

---

* Los pemón habitan actualmente la llanura de Imataca, en la Gran Sabana, al sureste de Venezuela. El Auyán Tepuí es para los pemón un monte sagrado. Por sus riscos corren las aguas que forman la cascada del Ángel, la cascada de mayor altura en el mundo.

Y al decir esto, avivado de nuevo por los soplidos del jaguar, el fuego se alzó a su altura y le chamuscó los bigotes. El jaguar, incrédulo, pero apartando el hocico, retó al fuego a que allí mismo devorara un árbol, si es que en verdad era capaz de semejante proeza.

—Depende de ti —respondió el fuego—. Has de soplar para que pueda comer un árbol. Ya te he dicho que no puedo alimentarme sólo.

Entonces el jaguar se puso a soplar sobre el fuego y unas chispas que saltaron le quemaron la piel. Y le dejaron esas manchas negras que todavía tiene.

—Ten cuidado —dijo dolorido el jaguar.

—Te he dicho que soy como soy. Y que cuando se despierta mi apetito soy capaz de comer cualquier cosa —añadió el fuego.

Y enseguida creció y devoró con sus llamas el campamento de los hombres, construido con palos de madera. Luego se hizo pequeño otra vez y se posó junto al jaguar.

—Me dijiste que podías tragarte un árbol y hasta ahora sólo te he visto comer hojas y palos —volvió a retar el jaguar—. Demuéstrame ahora mismo de lo que eres capaz para que pueda creerte.

—Depende de ti —respondió el fuego por segunda vez—. Acércate y sóplame. Verás como acabo con todo lo que hay aquí.

El jaguar, ya menos confiado que antes, se acercó y sopló con fuerza. Entonces el fuego se hizo grande y se extendió por el suelo. Vino una ráfaga de viento y el fuego creció todavía más. Sus lenguas enormes lamían el tronco de los árboles hasta dejarlos hechos ceniza y, en pocos minutos, toda la tierra estaba ardiendo.

El jaguar, temblando de miedo al verse acorralado por las llamas, huyó por la sabana mientras oía cómo el fuego, cada vez más feroz, le gritaba desde lejos que podía incluso devorar jaguares. Por eso los hombres dejan hogueras encendidas en sus campamentos. Ellos saben que la voracidad del fuego espanta a los jaguares.

35

Pirepillán en la montaña
Leyenda mapuche

Hace mucho tiempo, cerca de la Cordillera del Viento, vivió Copahue, un jefe de los mapuches valiente y ambicioso. Su fama se extendió por todas las tribus. Copahue lideró a los mapuches en guerras terribles y venció. Pero la batalla más dura, la libró solo y por amor.

Una vez, volviendo a casa con sus hombres, el viento empezó a soplar con fuerza. Corría desbocado levantando nubes de polvo y haciendo rodar piedras ladera abajo. Los hombres avanzaban como podían, casi ciegos, heladas las manos, agotados los cuerpos, tratando de mantenerse unidos y esquivando las rocas que se les venían encima. Al final, las piedras los dispersaron.

Por fin, el viento se calmó. Copahue estaba solo, perdido en la oscuridad difusa de la noche y herido por los palos y las piedras que la furia del viento había echo volar. Tratando de orientarse, alzó la vista y vio a lo lejos un toldo iluminado por el resplandor de una hoguera. Con las últimas fuerzas que le quedaban fue hacia la luz y, al llegar, levantó el cuero del toldo.

Una mujer bellísima, sentada frente al fuego, le llamó por su nombre y lo invitó a entrar.

—Soy Pirepillán, la hija de la montaña, el hada de la nieve —le dijo.

Lo llevó de la mano hasta el borde del fuego. Le curó las heridas y le dio de comer.

—Serás el más poderoso de los caciques, el más rico. Todos los hombres te mirarán con respeto, pero un día se volverán contra ti —añadió.

Después guardó silencio y levantó de nuevo el cuero del toldo para que el cacique saliera. Copahue se marchó a casa confundido, pensando en su gloria, en su derrota y sin poder apartar de la mente la imagen encantadora de Pirepillán.

Mucho tiempo después, su coraje, su ambición y sus victorias llevaron al cacique Copahue a convertirse en el más poderoso de los hombres. Era invencible, respetado por todos, admirado y temido. Pero el valeroso guerrero no lograba borrar de su memoria el recuerdo de la hija de la montaña. En el silencio de las tardes, cuando estaba solo, en el monte, buscaba sin descanso el resplandor del fuego donde una vez había encontrado a Pirepillán.

Un día llegó un mapuche del norte. Contó que había visto al hada de la nieve cautiva en la punta del volcán Domuyo. La custodiaban un tigre feroz y un monstruoso cóndor de dos cabezas que espantaban a cualquiera que pretendiera acercarse. Pero la imagen de las fieras no amedrentó a Copahue, quien lleno de alegría vio por primera vez la posibilidad de encontrar a su amada y preparó una expedición.

De nada valieron las advertencias de los machis, que aseguraban que la prisión de su amada era obra de un hechizo y que habría que invocar conjuros y llevar talismanes más fuertes que el poder, la riqueza o el valor. Copahue era un guerrero altivo; muchas veces había lanzado su grito de guerra desde lo alto de las cumbres y había bajado por las laderas provocando la huida de sus enemigos. No temía en absoluto enfrentarse con el tigre o decapitar al cóndor de las dos cabezas con tal de abrazar por fin a su bella Pirepillán.

Copahue partió solo hacia las cumbres de Domuyo y comenzó el ascenso. Cuando ya no encontró sendas, trepó como pudo por rocas cada vez más empinadas, por piedras afiladas y sin hoyos donde apoyar los pies, sin asideros donde sujetar las manos, con un viento cada vez más helado calándole en los huesos y haciéndole perder el equilibrio. Entonces, sus fuerzas comenzaron a flaquear, se vio perdido y lanzó al viento una oración dirigida al dios Nguenechen, al que ofrecía su patrimonio y su poder, a cambio de que le concediese una sola oportunidad para luchar por lo que más amaba en el mundo.

Antes que terminara de hablar, Copahue vio a lo lejos el resplandor soñado brotando de una grieta, pero no pudo llegar hasta él porque un enorme puma colorado le salió al acecho. La lanza del guerrero voló por el aire, veloz como la luz y su impacto hizo rodar al puma por los filos de las rocas. Avanzó hacia la grieta iluminada y ahí encontró a Pirepillán, tan bella y tan dulce como la primera vez, y con las manos extendidas hacia él. Se acercó para abrazarla, pero el monstruoso cóndor de dos cabezas voló sobre ellos, les clavó sus picotazos en la cabeza e hirió los hombros con sus garras. Pero Copahue blandió dos veces su cuchillo y degolló al cóndor que cayó muerto a sus pies.

Por fin se abrazaron y comenzaron a bajar. Pirepillán condujo a Copahue por un camino empedrado de oro. El cacique, entusiasmado por el brillo quiso agacharse a recoger los tesoros del suelo, pero ella le detuvo:

—No viniste hasta aquí por el oro —dijo el hada de la nieve tomándole del brazo—. El tesoro es de la montaña y aquí debe quedar.

Los dos siguieron el camino.

Copahue llegó a la tribu con su amada y vivieron juntos y alegres por mucho tiempo. Pero cuando él murió, los hombres de Copahue fueron en busca de Pirepillán. Nunca le habían perdonado que el cacique se hubiera distanciado de su gente, que la hubiera traído del volcán Domuyo sin ánimos de guerra y sin ambición.

Fueron a su toldo luminoso, la sacaron a empujones y la llevaron en medio del valle entre insultos y gritos. Los mapuches arremetieron contra ella y Pirepillán gritó desesperada el nombre de su amado Copahue. Los gritos enfurecieron aún más a los verdugos. Con las puntas afiladas de las lanzas, le abrieron heridas que hicieron brotar la sangre transparente del hada de la nieve. El agua sanadora de las venas de Pirepillán continúa corriendo por el lugar donde murió.

36

El rescate del fuego

Leyenda pareci (Brasil) *

Una mañana, con las primeras luces del alba, sin que nadie pudiera explicárselo, se apagaron de golpe todas las hogueras que los pareci tenían continuamente encendidas. Los hombres necesitaban el fuego tanto como el agua. Les daba calor en las noches de frío, les permitía cocer los alimentos, hacer señales de humo para hablarse desde lejos y espantar a los enjambres de insectos que invadían las tardes de verano. A su lumbre crecían los niños oyendo las historias que contaban los viejos cuando oscurecía en la aldea. El fuego era un regalo del cielo que no podían perder. Por eso, siempre, de día y de noche, las hogueras de los pareci estaban encendidas. Pero una mañana, al despuntar el día, sin que nadie supiera la razón, todas las hogueras se apagaron.

La gente salió a buscar al fuego, pero no lo encontraron. Se fueron lejos, donde habitaban otras tribus, más allá de las montañas. Pero en ningún sitio vieron señales de humo ni brasas ardientes. Nadie sabía qué le había pasado al fuego. Todos los poblados de la selva lo habían visto desaparecer sin motivo alguno y estaban tan desconcertados, tan desamparados como los pareci. Después de algún tiempo, alguien dijo que allá lejos,

---

* Pueblo indígena que habitaba antes de la conquista (y aún habita) en el Mato Grosso brasileño.

al otro lado del río, había un lugar donde todavía el fuego no se había extinguido. Quedaban algunas brasas enrojecidas, a punto de apagarse.

Los pareci se dieron prisa para ir a buscar el lugar donde aún vivía el fuego, pero era difícil moverse en la selva por parajes desconocidos y el lugar que buscaban estaba muy lejos. Decidieron pedir ayuda a los animales, seguros de que su olfato y su conocimiento del bosque los guiaría mejor y más rápido por el camino del fuego. Los cuadrúpedos se excusaron. No querían arriesgarse a llevar un leño ardiente sobre el lomo por temor a quemarse la piel.

Con los reptiles no se podía contar, pues temían al fuego como a un espíritu maligno. Si dependiera de ellos, lo dejarían morir para siempre. Entonces los hombres acudieron a los pájaros y, por una vez en la historia, todos los pájaros de la selva estuvieron juntos, gritando y cantando en las ramas de un enorme caucho.

De pronto, un canto se alzó sobre el parloteo y los graznidos de todas las aves. Era el juruva, un pájaro solitario que vive en las ramas bajas del bosque. Tiene plumas de colores intensos, una cola muy larga y unas alas grandes y fuertes capaces de atravesar distancias enormes.

—Yo iré en busca de la brasa que aun está encendida —cantó el juruva. Su canto se oyó como música a lo largo y ancho de la selva.

—Traeré el leño ardiente para que el fuego viva entre los hombres.

Y sin perder un segundo emprendió el vuelo. Los demás le vieron cruzar el cielo, y perderse en las alturas.

El juruva voló sin descanso sobre la selva hasta dar con un lugar donde un lecho de cenizas humeaba con desgana. Con las patas y el pico escarbó y escarbó y al final encontró lo que andaba buscando: un pedazo de tronco quemado, manchado aún a trozos por el rojo ardiente del fuego.

El juruva intentó agarrarlo con el pico, pero el tronco ardía y las chispas le quemaban la garganta y le impedían respirar. Llevar consigo el leño iba a costarle la vida. Entonces decidió usar las dos plumas salientes de su larga cola para envolverlo. Y así, con el palo enrollado en las plumas de la cola, emprendió el vuelo de regreso a la aldea de los hombres.

Cuando llegó, la brasa todavía estaba ardiendo. Los pareci la cogieron con cuidado, la pusieron en un nido de pajas y hojas secas que le habían preparado y se pusieron a soplar. El fuego cobraba vida por momentos. Los hombres lo alimentaban con ramas, con cáscaras de frutas y con la fuerza de su aliento. Las llamas se avivaron y crecieron y saltaron chispas por el aire. Los hombres encendieron antorchas, tocaron sus tambores y danzaron de alegría al ver al fuego vivir de nuevo.

El juruva miraba desde lejos, con las plumas irisadas por el reflejo de las llamas. Estaba cansado, pero orgulloso y feliz. El leño ardiente que trajo desde lejos le quemó una parte de su larga cola azul. Solo quedaron intactas las dos plumas de la punta. Desde entonces, hombres y animales, cuando ven al pájaro de larga cola pelada con dos plumas en la punta, saben que es la más valiente de las aves. La que supo traer el fuego de vuelta a la aldea de los hombres.

37

LAS CORRIENTES DE LIMAY Y NEUEQUÉN

Leyenda mapuche

Neuequén y Limay se criaron casi como si fueran hermanos. Conocieron juntos los caminos de los bosques donde jugaban de niños, juntos se bañaban en el río y juntos aprendieron a esquivar los ataques de las fieras y a usar las armas cuando tuvieron edad suficiente para ir de caza. Sus padres eran caciques, uno del norte y el otro del sur, y ambos querían que sus hijos les sucedieran cuando fueran adultos.

Un día, pescando en la laguna, Neuequén y Limay oyeron la voz dulce de alguien que cantaba una canción. Siguieron el sonido de la música para ver de dónde salía y así llegaron a la orilla y encontraron una muchacha de trenzas largas y negras bella como la aurora. Se llamaba Riahuén y desde ese día no dejaron de ir a buscarla cada tarde. Le traían un puñado de piñones o algún cangrejo que habían atrapado en el río, o flores o miel. Cualquier excusa valía para traerle un regalo y estar un rato con ella.

Pasó el tiempo y una tarde, Limay y Neuequén se miraron uno al otro y descubrieron que sus miradas habían cambiado. Ya no se veían como dos compañeros que lo comparten todo, sino como dos rivales enfrentados por el amor de una mujer. Durante algunas horas se olvidaban de su enfrentamiento y corrían otra vez por el bosque persiguiendo alguna presa, o se zambullían en el lago o se iban a pescar. Pero al llegar la tarde, los dos estaban impacientes por ver a Riahuén y a cada uno le dolía la impaciencia del otro, como una espina clavada entre el orgullo y la rabia.

La machi, que los había visto quererse como hermanos y ahora los veía enfrentados como enemigos, les llamó para conversar con ellos. Les dijo que la única manera de acabar con la rivalidad que los estaba separando era jugar el juego del destino. Riahuén debía pedir un deseo, ellos acudirían para complacerla y al primero que lo consiguiera recibiría el amor de la joven. Riahuén se disgustó mucho, pues no quería elegir a uno para perder al otro; no entendía por qué tenía que separarse de alguno de los dos si hasta aquel momento los tres habían sido felices. No sabría a cuál escoger: los ojos de Neuquén le recordaban la profundidad del lago y la voz de Limay le traía la calidez de la madera. Le dolía demasiado pensar en perder a cualquiera de los dos.

Pero los chicos, al límite de su impaciencia por saber cuál de los dos sería el elegido, la convencieron para que formulara su deseo y les diera por fin la oportunidad de competir abiertamente por ella. Entonces Riahuén se puso a pensar y, después de un rato, dijo que ella nunca había estado en el mar. Quería una caracola para acercarla a su oreja y saber cómo sonaban las olas. Los amigos se dieron la mano por última vez y, sin decir una palabra, se separaron en direcciones opuestas. Uno marcharía hacia el norte y el otro hacia el sur. Antes de partir invocaron a los dioses. Atendiendo a su plegaria, los dioses los convirtieron en agua que corrió en dos ríos monte abajo. Así empezó cada uno su largo camino hacia el mar.

Los días pasaban lentos a la orilla del lago y Riahuén, viendo que no regresaban, se sintió cada vez más desesperada. El viento, celoso de su amor por los jóvenes, venía y le susurraba al oído palabras desconsoladoras.

—No volverán jamás —le decía—. Han caído en el fondo, seducidos por las estrellas de mar que en las profundas aguas saladas se transforman en mujeres preciosas que atrapan y mantienen prisioneros a los hombres.

Riahuén hacía oídos sordos, pero su angustia y su dolor iban creciendo. Los muchachos no regresaban. Entristecida, un día acabó por creer las palabras de desesperanza que le traía el viento. Desde el borde del agua invocó al dios Nguenechen y le ofreció su vida a cambio de que salvara las vidas de sus amigos. El dios poderoso la escuchó y allí mismo tomó su cuerpo y la convirtió en un árbol frondoso que hundió sus raíces en la tierra húmeda.

El viento voló deprisa a contarle a los ríos lo que había visto en la orilla del lago. Cuando Limay y Neuequén lo supieron, quisieron encontrarse. Pero decidieron que no volverían al lago, no soportarían la pena de ver a su amada convertida en ramas. Así que siguieron corriendo hacia el mar y juntaron sus cursos en una sola corriente de aguas impetuosas a la que los hombres dieron el nombre de río Negro.

Y nunca más se echaron atrás.

Dicen que bajo el árbol que se levanta al pie del lago, a veces aparece una caracola marina y que a través de su concha, el mar llama a Riahuén para contarle que el amor no se acaba nunca. También dicen que la voz del mar que surge de la caracola llega hasta el curso de los ríos Limay y Neuequén y les dice que el alma de su amada Riahuén todavía canta a la sombra de los arrayanes y baila sobre las aguas del lago.

38

La casa del trueno

*Leyenda totonaca**

En tiempos lejanos, antes de que llegaran los conquistadores blancos, incluso mucho antes de la llegada de los totonacas, existía entre Totomoxtle y Coatzintali una caverna donde siete antiguos sacerdotes se reunían para adorar al dios del trueno y de la lluvia. Lo hacían cada vez que era tiempo de siembra o tiempo de cosecha.

Invocaban a sus dioses haciendo sonar el gran tambor del trueno, arrastrando pieles de animales por el suelo de la cueva, lanzando flechas encendidas al aire y cantando canciones sagradas hacia los cuatro puntos cardinales. El ruido de las pieles hacía caer agua a raudales del cielo, el sonido del tambor evocaba el estruendo de los truenos y las flechas encendidas atraían los relámpagos que cegaban a los animales y a los hombres. A veces, llovía tanto que los ríos se salían de sus cauces y el agua anegaba todas las tierras de los alrededores.

Pasaron los siglos y un día llegó un grupo de gente desconocida. Venían de lejos, desde otra orilla del mar inmenso. Traían vestidos extraños, otra lengua, otras costumbres y otros dioses. Y siempre estaban sonriendo, como agradecidos de haber conseguido llegar a una playa donde siempre había

---

* Los totonacas o tajines vivieron en la costa del Golfo de México, en el lugar que hoy es el estado de Veracruz. Antes de la conquista ocuparon una gran extensión territorial que llegaba hasta la zona central de la altiplanicie mexicana.

buena caza, buenos frutos y agua en abundancia. Los nuevos hombres se quedaron a vivir en el lugar donde los había traído el mar, le llamaron Totonacán y ellos mismos se pusieron el nombre de totonacas.

Pero los siete sacerdotes de la caverna del trueno no les dieron la bienvenida. No estaban conformes con la llegada de los extranjeros sonrientes y se reunieron en la cueva para invocar a los dioses y provocar una terrible inundación que los amedrentara y se los llevara muy lejos.

El cielo se desgajó en un aguacero torrencial que duró días y noches, hasta que uno de los recién llegados descubrió la cueva y supo que la ceremonia que celebraban los viejos sacerdotes era el origen de la tempestad. Los totonacas entraron en la caverna, sacaron de allí a los sacerdotes, los embarcaron en una canoa con agua y alimentos y la empujaron al mar, donde se perdió para siempre.

Los hombres más notables entre los totonacas se reunieron para decidir cómo paliar los efectos de la implacable tormenta. Decidieron que lo mejor era rendirle culto al dios del trueno y esperar sus favores para que el temporal amainara. En el mismo lugar de la caverna, construyeron el templo de Tajín, que en lengua totonaca significa «tempestad». Durante trescientos sesenta y cinco días imploraron por tiempos de lluvia y de sequía, según era necesario, para el buen término de la siembra y la cosecha.

Así se levantó la pirámide de Tajín. A veces, el cielo que hay sobre su cima se cubre de nubarrones y las lluvias caen sin fin sobre la tierra. Dicen que en ese lugar, sobre el punto más alto del templo de Tajín, todavía se generan las tempestades, los truenos y las lluvias que azotan la tierra.

39

LAS CRIPTAS DE KUA

Leyenda maya*

En la corte de Chichén, vivían Ac y Cay, los dos hijos del monarca. Ac era el mayor, su educación fue la del futuro gobernante que un día heredaría el trono de su padre. Era arrojado y orgulloso. Desde muy joven comandaba los ejércitos que defendían a su pueblo. Cay, el menor, sabía que debía apoyar a su hermano en la cuestiones de gobierno, pero las armas y las guerras no le interesaban. A Cay le gustaban las palabras y los versos.

A pesar de ser muy diferentes, Ac y Cay eran inseparables, amigos de juegos en la niñez y compañeros de aventuras en la adolescencia. Vivían muy unidos y felices, pero cuando se hicieron mayores tuvieron que enfrentarse. Los dos se enamoraron de Oyomal, una muchacha bellísima a la que todos los hombres jóvenes pretendían.

Oyomal era hija de H'Kinoxoc, sacerdote y sabio del imperio. H'Kinoxoc comenzó a temer por la suerte de los tres jóvenes cuando vio a los dos príncipes enfrentados por el amor de su hija. H'Kinoxoc pasaba largas horas hablando con su hija Oyomal. Le decía que debía rechazar a los dos. La pasión y la rivalidad de ambos por Oyomal había cobrado tal fuerza que el sacerdote temía que se desencadenara una guerra en la que

---

* Los mayas no eran en realidad un pueblo de guerreros, sino de sabios, científicos, etc. Aun siendo importante, la figura del guerrero no era entre los mayas tan esencial como para otros pueblos, como por ejemplo los tlaxcaltecas.

todo el pueblo se vería envuelto. La hermosa Oyomal escuchaba los sabios consejos de su padre y se quedaba en silencio para que nadie supiera lo que su corazón escondía.

Una tarde, por casualidad, se encontraron los tres. Oyomal trataba de mantener la calma y de no delatar sus verdaderos sentimientos, pero por unos instantes, sus ojos se cruzaron con los ojos de Cay. La mirada entre los dos fue tan dulce que nadie necesitó escuchar ninguna palabra para entender lo que pasaba.

Ac, que no pudo permanecer ciego ante la evidencia del amor entre Oyomal y su hermano menor, encolerizado por los celos y la envidia, se fue en busca de sus guerreros y les ordenó que apresasen a su hermano y lo llevaran a la hondonada de Kua. Ordenó también que Oyomal fuera conducida al claustro de las vírgenes de Chichen Itzá y que a su padre lo encerraran en el santuario de Mutul.

Pero el amor de Ac era más fuerte que su orgullo y cada mañana iba al claustro de las vírgenes a visitar a Oyomal. Le declaraba su amor mientras ella permanecía en silencio recreando las últimas palabras que había escuchado de la voz de Cay antes de que los dos fueran hechos prisioneros.

«¿Me quieres?» —preguntaba Cay una y otra vez en la mente de Oyomal—. Y ella en silencio respondía: «más que las aves al primer rayo de sol».

De nada valieron los ruegos, las palabras de amor pronunciadas de rodillas, la rabia y finalmente las amenazas de muerte con que Ac trataba de conseguir el corazón de Oyomal. Jamás logró que sus labios se abrieran para pronunciar siquiera una palabra de aceptación o de desprecio.

Cay, mientras tanto, se repetía en la mente las mismas palabras que acompañaban los pensamientos de su enamorada. Fueron esos susurros de su memoria los que le dieron fuerzas para emprender un camino que nadie hubiera imaginado siquiera. Desde su prisión, ayudado por el silencio de sus guardianes, aprovechó la entrada de un cenote sagrado y construyó un pasillo subterráneo que terminaba en el mismo lugar donde Oyomal estaba cautiva.

Al cabo de mucho tiempo encerrada, Oyomal un día creyó oír al otro lado del muro la voz nítida de su amado preguntándole:

—¿Me quieres?

Antes de saber si la voz era real o sólo un producto de su imaginación y de su deseo, Omayal respondió en voz alta:

—Más que las aves al primer rayo de sol.

Pero en el mismo momento que Oyomal y Cay se encontraron, Ac entraba en la habitación. Ac hizo venir a sus hombres, capturar a Cay y dar muerte a los soldados que le habían ayudado a escapar de la prisión. Por primera vez, Cay desafió a su hermano mayor. Lo miró a los ojos y, con voz firme, le dijo que el amor lo había guiado por un camino desconocido a través del laberinto del cenote para que pudiera llegar a donde estaba Oyomal y que, por ese mismo camino, se marcharía con ella. Desafiante, la tomó del brazo y la condujo por el túnel. Ac desató su ira y ordenó a sus guerreros que les persiguieran a través de las criptas y les mataran.

En medio del laberinto subterráneo, los hombres de Ac les dieron caza. Allí mismo los mataron y enterraron, en algún lugar que nadie supo nunca precisar. Todavía, en el silencio de los oscuros pasillos de las criptas, una voz acaricia las paredes de piedra y pregunta: «¿me quieres?». Y a lo largo del túnel otra voz dulce responde: «más que las aves al primer rayo de sol».

40

Hotu-Matua

Leyenda de la isla de Pascua*

Hotu-Matua miraba con honda preocupación cómo las aguas del mar se tragaban poco a poco las orillas de la isla de Hiva. Iban empujando a las gentes hacia el interior, donde el espacio era cada vez más reducido. Hotu-Matua era el jefe de esa isla. Allí, nunca había faltado la caza ni la pesca, la tierra era fértil y siempre había árboles cargados de frutas. Pero ahora, él y su tribu tendrían que marcharse. El mar les estaba robando el suelo y su hijo, que aún estaba por nacer, no tendría un lugar en tierra firme para venir al mundo.

Hau-Maka estaba a su lado. Era el sabio sacerdote de la tribu y se comunicaba con los dioses a través de sus sueños. Era capaz de pronosticar las tempestades y los terremotos porque cuando dormía, Make-Make, el espíritu de las aguas, del aire y de todo el universo, venía a conversar con él. Hau-Maka había llegado corriendo a ver al jefe de la tribu para decirle que acababa de despertar de un sueño en el que Make-Make le había enseñado el lugar al que él y su pueblo debían dirigirse para no morir cuando la isla desapareciera.

---

* La isla de Pascua está situada a unos 3.000 kilómetros de Chile. Es uno de los lugares más enigmáticos del mundo. Los mitos y leyendas que aún se conservan son unas de las pocas fuentes que aportan datos sobre los sucesos reales que pudieron ocurrir en esa isla y que se desconocen por completo.

Hotu-Matua mandó preparar una piragua y envió a siete de sus mejores hombres para que encontraran la tierra prometida por el espíritu de las aguas. El sacerdote les dijo que la reconocerían cuando vieran unos islotes que parecían muchachos de pie en el agua. La piragua cruzó el mar y atracó en las orillas de Rapa-Nui, donde se levantaba el enorme volcán Ranokao con el cráter abierto y apagado.

Los siete hombres maniobraron la piragua cerca de la orilla y navegaron en busca de una playa que fuera digna de su monarca. Hasta que llegaron a Anakema, un lugar donde la arena fina y dorada como el sol cubría el suelo y había montones de conchas de caracoles, y el agua era verde, azul y cristalina. Entonces los siete estuvieron de acuerdo en que ese sería el lugar donde Hotu-Matua y su pueblo podrían establecerse y ahí mismo desembarcaron.

Sobre la playa encontraron una inmensa tortuga que dormitaba en el calor de la tarde. Uno de los hombres la levantó y el animal, furioso, le hirió de muerte con una de sus aletas. Sus compañeros lo llevaron a rastras hacia una gruta para que reposara y lo dejaron allí en compañía de unas piedras parlantes para que no se sintiera solo. Después, fueron a dar la bienvenida a Hotu-Matua, quien venía presidiendo la procesión de piraguas en la que viajaba todo su pueblo. Cuando los seis hombres se marcharon, el herido falleció. Ése fue el primer muerto que descansó para siempre en Rapa-Nui.

Desde la playa, los enviados de Hotu-Matua vieron la piragua de su rey presidiendo una procesión de embarcaciones en las que venía toda su gente. Traían las cosas que alcanzaron a sacar de la isla de Hiva que se hundía en el mar. Antes de desembarcar, frente a la playa de Anakema, la reina Vaika-a-heva dio a luz al hijo del rey. Fue el primer niño nacido en la tierra nueva.

Los hombres descargaron de las piraguas herramientas y semillas, caña de azúcar, sándalo, ñame, gallinas y ratas azules. Los niños corrían contentos por la playa y las mujeres iban poniendo cada cosa en su lugar. El desembarco en la isla de Rapa-Nui era como una fiesta para los hombres que habían encontrado un lugar dónde ver crecer a sus hijos y dónde enterrar a sus muertos.

Hotu-Matua mandó construir su casa de piedra al final de la playa y dio instrucciones a los hombres para que prepararan la tierra y sembraran las semillas que habían traído. Buscó vertientes subterráneas para aprovechar el agua dulce y distribuyó los lugares para la siembra de árboles. También instruyó a los hombres para que fueran justos, trabajadores y respetuosos. Además, les repartió la tierra y les permitió fundar nuevas aldeas. Después de un tiempo, pudieron recoger las primeras cosechas. Entonces, Hotu-Matua se acordó del Moai, una estatua sagrada de piedra por la que sentía gran devoción y que se había quedado olvidada en Hiva.

Hotu-Matua envió de nuevo a sus hombres para que la trajeran. Esperaba que no fuera demasiado tarde. Cuando llegaron a Hiva apenas había un trozo de tierra donde atracar y la estatua todavía estaba en pie; pero al levantarla para meterla en la piragua se cayó al suelo y la cabeza quedó separada del tronco. En ese momento el cielo se oscureció. Un fuerte vendaval azotó las aguas y se desató una tormenta que se extendió hasta Rapa-Nui. Así fue como el monarca, sin ver lo que había pasado, supo que su Moai sagrado se había quebrado. Los hombres que habían ido a buscarlo se perdieron en la tormenta y unos días más tarde salió de Rapa-Nui una nueva expedición para traer al Moai. Sólo encontraron la cabeza y eso fue lo que llevaron al monarca.

Nadie sabe si las desgracias que vinieron más tarde fueron provocadas por la rotura del Moai, pero después de un tiempo, durante el cual el pueblo de Hotu-Matua floreció en la agricultura y en las artes y fue conocido por gentes al otro de los mares, una nube negra se posó sobre el cielo de Rapa-Nui. Atraído por la fama del jefe de la tribu y por la ambición de arrebatarle el trono, vino desde muy lejos Oroi, el hermano de Hotu-Matua. Llegó a la isla en secreto, mató a dos de los hijos de Hotu-Matua cuando estaban durmiendo en la playa y después se fue en busca del padre para matarlo también. Pero Hotu-Matua tuvo tiempo de defenderse y dio muerte a Oroi.

El monarca salió bien librado del ataque, pero la muerte de sus hijos mayores le llenó el alma de pena. Aún le quedaban otros hijos nacidos en Rapa-Nui, pero un día discutió con el más pequeño, su niño consentido y sin pensar en sus palabras le dijo que era un bastardo. El niño lloró amargamente y fue a contárselo a su madre. Vaika-a-heva se fue enfurecida a decirle a su esposo que el único bastardo que había en la familia era el mismísimo rey de Rapa-Nui. Le explicó que había nacido de una infidelidad de su madre y que, cuando era un niño, lo habían criado a escondidas en un lugar apartado de Hiva hasta que Taane Arai, el rey de Hiva, había decidido aceptarlo como si fuera su verdadero hijo.

Hotu-Matua casi muere de pena. Perdió el interés por su pueblo y por la vida. Make-Make lo había abandonado por maltratar a su hijo y había perdido la capacidad de entender las cosas antes de que sucedieran. Se fue lejos a vivir en un lugar apartado de la isla, a sembrar ñame y caña de azúcar y hasta allí fue a buscarlo Vaika-a-heva. Él se alejó al verla venir, pero ella le seguía hacia donde él se dirigiera. Entonces, Hotu-Matua regresó a Anakema, se despidió de sus hijos, les repartió las tierras y les pidió que lo llevaran a lo alto del volcán Rano-Kao, donde quería morir.

El cuerpo de Hotu-Matua fue cubierto con tierra y con piedras y su cabeza quedó fuera. Dicen que sus ojos muertos velaron durante mucho tiempo el destino de la isla de Rapa-Nui.

41

Hunzahúa

Leyenda chibcha*

Hunzahúa fue uno de los pocos soberanos reconocidos en toda la extensión del pueblo chibcha. En todos los confines de la tierra se le conocía como un valiente guerrero al que ningún enemigo podía resistir. Pero, para combatir el mal que acabó con su vida, no valieron las armas ni las guerras ni las conquistas. A Hunzahúa lo mató su propio corazón.

El joven zaque era admirado por las mujeres de su pueblo. Todas ellas hubieran dado cualquier cosa con tal de conseguir su amor. Pero Hunzahúa amaba en silencio a la joven más hermosa de su tribu. Era un amor maldito porque la muchacha que hacía latir su corazón era su propia hermana. El monarca hizo lo que pudo por matar el amor que sentía por ella, pero en vez de apagarse, su pasión se encendía cada vez más.

Cuando ya no supo qué hacer, Hunzahúa fue a buscar a su madre para contarle lo que sentía. Ella se enfureció, le dijo que no merecía ser un monarca, que debería avergonzarse por ese amor prohibido y huir o quitarse la vida. Hunzahúa se entristeció de tal modo que su vida perdió el sentido. Se olvidó de su pueblo, de las guerras, de las conquistas y una noche en que el dolor y la tristeza estaban por acabar con su alma, el zaque

---

* El Salto del Tequendama se encuentra a 30 kilómetros de Bogotá. Es el lugar donde el Río Bogotá forma una cascada de 132 metros. En el Salto predomina una roca redonda esplendorosa la cual está casi siempre cubierta con neblina y le da una vista espectacular.

fue como loco en busca de su hermana para huir con ella a un lugar donde nadie pudiera condenar su amor.

Cuando llegaron a Chipatate, Hunzahúa y su hermana se casaron. Vivieron muy felices durante un tiempo, hasta que comenzó a pesarles el recuerdo de su madre abandonada. Pensando que la fuerza del tiempo y la distancia quizás habrían hecho que los perdonase, decidieron volver a buscarla.

Cuando la madre supo que sus dos hijos se habían convertido en marido y mujer, se enfureció de tal modo que cogió el palo de sana, que usaba para revolver la chicha y, sin pensarlo dos veces, corrió detrás de la muchacha para castigarla a golpes. Ella se escondió detrás de una enorme tinaja de barro para esquivar el garrotazo de la madre. La madre pegó con gran fuerza sobre la tinaja y la rompió en mil pedazos. Toda la bebida que había en la tinaja se desparramó por el suelo. Con ella se llenó una hondonada donde se formó el pozo de Donato, al norte de donde ahora queda la ciudad de Tunja.

Los hermanos, repudiados por su madre y entristecidos por estar condenados a vivir solos y apartados, partieron hacia el sur, a las tierras de Susa. Allí supieron que esperaban un hijo y se dispusieron, felices, a recibirlo, pensando que sería el fruto alegre de un amor tan desdichado.

Pasaron meses en los que esperaron dulcemente, llenos de ilusiones. Fue un tiempo feliz que disfrutaron juntos imaginando las cosas que iban a enseñarle. Pensaban en la alegría que les esperaba cuando la madre diera a luz. Pero cuando el niño nació, sus padres espantados vieron al bebé, que aún no había llorado, convertirse en una piedra pequeñita que se les cayó de las manos.

Era un castigo del cielo que no les había perdonado su falta. Tristes y sin aliento dejaron las tierras de Susa y se marcharon caminando sin rumbo por el mundo.

Después de un larguísimo peregrinar, sus pasos los llevaron a un lugar en lo alto de una meseta donde el agua caía tan abajo que se evaporaba antes de llegar al suelo. Se quedaron a vivir escondidos en los bosques de aquel lugar, apartados de cualquier ser humano, condenados a estar solos para siempre.

Un día se tomaron de la mano para atravesar el torrente. A la mitad del camino, en medio de la corriente, sintieron un escalofrío que les corrió por la espalda. Se miraron a los ojos en silencio. Un hielo de muerte paralizó sus cuerpos y los dejó convertidos en dos enormes piedras que permanecen allí hasta el día de hoy. Son las dos piedras que conforman el Salto del Tequendama.

42

LA AVARICIA DE TAPÁ

Leyenda guaraní*

Con los terribles calores del verano la tierra comenzó a secarse. El suelo se resquebrajaba y los rayos del sol chamuscaban las hojas y los insectos. Los hombres, desesperados, elevaban sus plegarias a Tupá, el dios del agua y del trueno; los niños le dejaban tabaco negro en las copas de los árboles, los jóvenes alzaban bejucos en flor y, en las puertas de las casas, sapos blancos enseñaban el vientre hinchado y blanco. Pero todos los intentos para hacer llover resultaban inútiles. Sólo quedaba una alternativa; rociar la tierra con agua de un manantial llevada en un cántaro nuevo por una virgen coronada de flores.

El único lugar donde podían encontrar agua estaba en los dominios de Tapá, un hombre cruel y violento que inspiraba miedo. El pelo le caía sobre el rostro y siempre andaba con un hacha de piedra en la mano. Al lado de su casa nacía un manantial de aguas cristalinas que el viejo había cercado con estacas y espinas para que nadie se acercara. Ni siquiera los pájaros podían beber agua en el manantial de Tapá.

Un mediodía, cuando custodiaba las orillas espinosas de su manantial, el viejo huraño vio acercarse a una joven pálida, con los labios resecos por

---

* Los guaraníes fueron la raza indígena más importante del actual Paraguay. Eran unos indios indómitos que legaron su nombre a los pobladores actuales del país. El idioma guaraní todavía se habla.

la fiebre, que llevaba una túnica blanca, larga hasta los pies y una corona de flores en la cabeza.

—Dame un poco de agua que me muero de sed —dijo la joven al viejo.

—Vete ahora mismo de aquí —respondió Tapá, amenazándola con el hacha que llevaba en la mano.

—El agua que guardas no es tuya ni mía, es de Tupá-mbaé, la serpiente del agua, que espera verla esparcida por la tierra para dejar caer la lluvia desde el cielo —dijo la mujer, antes de caer al suelo desmayada.

—Yo tuve sed de tu amor, hasta que el cuerpo se me quedó reseco. Tú no quisiste saciarla y ahora te atreves a pedirme piedad. Vete por dónde has venido, ni una gota de agua mojará tus labios.

La joven estaba moribunda y no pudo incorporarse. Un hombre la levantó en sus brazos y juró que la avaricia de Tapá sería vengada por el poder de los dioses. El viejo, cegado por los celos, mandó una tropa de hombres a que los persiguieran y les dieran caza. Entonces, un chisporroteo salió de la selva: miles de culebras de fuego se arrastraron prendiendo fuego a los campos. La gente corría espantada llevando a cuestas a sus niños, las bestias se calcinaban, los huevos estallaban en los nidos y el aire estaba lleno de lamentos y de humo. El hombre que llevaba a la joven en brazos intentó apagar el fuego que les lamía las ropas, pero un algarrobo en llamas les cayó encima y murieron aplastados por el peso de las ramas ardientes.

Un sacerdote que miraba desde lejos supo descifrar los presagios de tormenta y anunció que allá, detrás del gavilán amarillo, se amontonarían las nubes. La tempestad parecía andar cerca. Poco después comenzó a diluviar. El manantial cercado de espinas se desbordó y era tanta el agua que corría que ya nadie sabía si venía del cielo o si brotaba del interior de la tierra para quebrar los árboles y anegar los valles y los bosques.

La gente trepó corriendo a la cima más alta del cerro azul. Una hechicera alcanzó la punta de una roca que sobresalía y desde ahí señaló a Tapá, que estaba acurrucado, debajo de un peñasco. Les dijo a todos que él era el causante del desastre que los azotaba y que debía ser empujado a las tinieblas. Entonces, el sacerdote habló de nuevo. Les enseñó un pez enorme y negro que venía bajando por la corriente. Les dijo que era Ypora, el genio de las aguas que agitaba los vientos y espantaba a los náufragos, y había que detenerlo antes de que acabara con todos los hombres vivos.

Entre todos decidieron que Tapá fuera entregado como ofrenda al espíritu de las aguas y una multitud enfurecida se le vino encima para atraparlo. Cuando el viejo sintió que no podía escapar a su destino desistió de huir, de pelear por salvar la vida, y se dejó arrastrar por una ola embravecida que la furia de Ypora había provocado. La olas levantaron y hundieron muchas veces el cuerpo sin vida de Tapá mientras la oscuridad iba cayendo sobre la tierra inundada. Los hombres pasaron la noche aferrados a las copas de los árboles, agotados por la fatiga y el miedo.

Al amanecer, los supervivientes vieron el paisaje triste de techos y troncos flotando en el agua amarillenta. Las nubes se alejaban y el arco iris se dibujó en el cielo. Nada bueno anunciaba aquella presencia. Era el destello que dejaba la serpiente voladora al bajar a beber agua. El sacerdote y la bruja advirtieron a la gente del peligro de ser devorados por la culebra de colores y los hombres, aterrados, se lanzaron a las aguas y se perdieron en ellas. La tierra donde nacía el agua del manantial de Tapá quedó convertida en un lago inmenso y silencioso enmarcado por las montañas desiertas.

Mucho tiempo después, un hombre y una mujer encinta llegaron a una orilla. Ella hundió los pies en el agua. Mirando el paisaje hermoso envuelto en un silencio aterrador que parecía el canto callado de un ejército de fantasmas pensó en marcharse, pero el hijo que esperaba estaba a punto de nacer y ya no les daba tiempo de buscar otro lugar para que ella diera a luz. El hombre la arropó entre sus brazos y le susurró al oído palabras de esperanza. El llanto del niño que nació cruzó como un rayo la superficie del lago y trajo de vuelta la vida a las montañas.

Desde entonces, quedó roto el maleficio de Ypora. El lugar se convirtió en un paraje apacible donde llegaron gentes venidas de muchos lugares buscando la serenidad de un lago que, ahora, arrulla la vida y los sueños de los hombres.

Leyendas de plantas y animales

43

LAS HOJAS DE COCA*

Leyenda kogui

En lo alto de la montaña vivía Teyuna, el sacerdote de una tribu de la sierra que no conocía el secreto para obtener las hojas de coca. Teyuna caminaba por el monte buscando sin descanso alguna pista que le indicara el camino verde de la coca para llevársela a su gente, pero no lo podía encontrar.

Un atardecer, sediento y fatigado por su búsqueda sin fin, se acercó al río a beber. Entonces vio en el agua a una mujer hermosísima de cabellos largos y negros como la noche que le cubrían la mitad del cuerpo. Teyuna se escondió entre los matorrales, a la orilla, para poder mirarla. La vio salir del agua y envolverse en un manto de colores para darse calor. Y cuando ella sacudió la cabeza para sacarse el agua del pelo, Teyuna contempló maravillado que caían a su alrededor miles y miles de hojas de coca.

Siguió con cuidado el rastro de las hojas y encontró el lugar donde la mujer de cabellos milagrosos vivía con su padre. El hombre recogía del suelo las hojas y las iba guardando para mascarlas cuando quería. Teyuna, con-

---

* La planta de la coca tiene su origen en Perú y Bolivia y data de hace unos 4.000 años. Su uso se extendió por toda América Latina como fuente de energía para soportar las bajas presiones en las alturas de la cordillera de los Andes, o las travesías a lo largo de la selva amazónica. Tiene carácter ritual y es un remedio habitual que se prepara en infusiones, cataplasmas o polvos. Mascar o «mambear» hojas de coca es corriente entre los kogui, indígenas de la sierra nevada de Santa Marta.

tento porque su tesoro estaba al alcance de la mano, ideó un plan para conseguir las hojas de coca. Se convirtió en un pájaro blanco, construyó su nido en la orilla del río donde había visto a la mujer y esperó.

Un día la vio venir y se posó sobre el agua, justo en el lugar donde ella se bañaba. La mujer se acercó con cuidado para no espantar al pájaro blanco que parecía suspendido en un rayo de sol. Pero el pájaro no se fue. Esperó manso, paciente a que la mujer lo tomara en sus manos, lo pusiera sobre una rama y se bañara.

Al día siguiente, cuando la mujer bajó al río el pájaro blanco la estaba esperando. Ya eran amigos. Ella le acariciaba las plumas blancas y, después, lo ponía en la rama para que la viera bañarse. Y así, un día tras otro, hasta que la ilusión más grande de la mujer era pensar que en el río la estaba esperando un pájaro blanco. Y cada día llegaba un poco más temprano y se alargaba más el tiempo de estar en el río.

Se fue enamorando y llegó a pensar que el pájaro blanco le hablaba, y que ella le entendía.

—¿Me quieres mucho? —preguntaba el pájaro.

—Te quiero más que a mi vida —le respondía la mujer, un poco desconcertada porque se creía loca, perdida de amor, por un pájaro.

—Si tanto me quieres tira de la cuerda que hay en mi cabeza.

Ella tiró de una cuerda diminuta que encontró entre las plumas de la cabeza del ave. Las plumas cayeron y el ave tomó la forma de Teyuna.

Y Teyuna y la mujer se casaron. Vivieron juntos en la orilla del río. Eran tan felices que, a veces, Teyuna se olvidaba de lo que andaba buscando y se perdía entre sus brazos y su pelo largo y negro.

Pero una noche, mientras ella dormía y él acariciaba su cabeza, Teyuna descubrió enredadas en su pelo las semillas de las hojas de coca. Las desprendió con cuidado para no despertarla. Las hizo ovillos con su propio pelo y se marchó antes del amanecer porque sabía que no sería capaz de irse si ella lo miraba a los ojos y le pedía que se quedara.

Cuando llegó a la tribu encontró una pequeña multitud que hacía tiempo que lo esperaba. Teyuna los miró en silencio, con la mirada más triste que nunca nadie había visto. Se puso en medio del círculo que habían formado a su alrededor y sacudió la cabeza. Las semillas cayeron al suelo y los hombres de la tribu, allí mismo, las sembraron. A los pocos días las plantas brotaron, crecieron y se multiplicaron.

Así fue como Teyuna consiguió llevar a su tribu el secreto de las hojas de coca. Se lo robó a la mujer que despertó sola y se quedó llorando en el río. Él encontró lo que buscaba, pero perdió a la única mujer con la que podía ser feliz.

Alucinógenos sagrados

Ciertas plantas, ahora degradadas al estatus de meras drogas en el mundo Occidental, fueron en su tiempo sustancias sagradas para la gente del viejo México y del imperio inca. A través de ellas, podían abrir las puertas de la percepción y entrar en una sagrada comunión con los dioses.

Los champiñones de la familia psilocybe (*Psilocybe mexicana*) eran una de esas plantas. Según la leyenda mixteca, el hongo fue regalado a los dioses por el Noveno Viento —el equivalente al dios Ehecatl-Quetzalcóatl—. Por otra parte, se sabe que los aztecas consumían estos champiñones aderezados con miel. Tras su ingestión, tenían visiones sobre los acontecimientos del futuro.

El uso y consumo del champiñón psilocybe es anterior al año 2000 del periodo preclásico de los mayas (300 a. C.–100 d. C.). Existen estatuas de piedra talladas en forma de champiñón de ésta época y halladas en Kaminaljuyú, además de piedras o cuencos para moler que recuerdan a los utilizados por los actuales mixtecas de Oaxaca y que se utilizaban para triturarlo antes de su consumo.

Las semillas «de la mañana bendita» (*Turbina corymbosa*) eran otra clase de alucinógenos o sustancias extáticas. En sus adivinaciones nocturnas, los videntes entraban en contacto con el dios Ololiubqui, quien les revelaba la información que buscaban.

También se consumían grandes cantidades de tabaco (Nicotiana) en Centroamérica, sobre todo de dos formas: en primer lugar, la hoja, molida y mezclada con lima en polvo, se mascaba para aumentar los efectos tóxicos de la nicotina y reducir así la sensación de fatiga durante las largas vigías; en segundo lugar, se fumaba en pipa o liado en forma de puro o cigarro (palabra que deriva del término maya *sikar* y que quiere decir «cigarro» o «tabaco»).

Al igual que la visión de la serpiente en los rituales de extracción de sangre, la humareda proporcionaba un medio de comunicación entre el mundo de los humanos y el de los dioses.

En Perú, tierra sagrada del imperio inca, las hojas de coca, planta de la que se extrae la cocaína, se masticaban o se ofrecían como regalos en las bodas y funerales. Entre los incas, sólo aquellos que tenían sangre real, pertenecían a la casta del clero o eran curanderos podían consumir coca. Los mensajeros incas lograban alcanzar distancias y recorridos a través de las montañas de hasta 250 kilómetros al día gracias a la coca que masticaban.

Durante la conquista, los indígenas que realizaban trabajos forzados en las minas y plantaciones emplearon la coca para sobrevivir a las duras condiciones. Masticar las hojas les permitía engañar a los sentidos para no sentir el hambre, el frío y el cansancio.

44

El hombre pájaro

Leyenda lambayeque*

En medio de la noche oscura, la música de los caracoles tranquilizaba el alma de los balseros que se sentían perdidos, desamparados en medio del mar. Huían de la guerra y la miseria y se enfrentaban a un futuro incierto. Cruzaban el mar en busca de una tierra mejor, pero la travesía era difícil. Algunas balsas naufragaban en las tormentas, otras simplemente se extraviaban. Los navegantes estaban cansados y sedientos, y empezaban a pensar que era menos peligroso volver al lugar de donde habían huido.

Los hombres conducían sus balsas siguiendo la ruta que marcaba Naimlap, el jefe de la tribu. En las noches oscuras, los guiaba la música de los caracoles que entonaba Ceterni, la mujer de Naimlap. Los cantos les hacían soñar con tiempos mejores y olvidar las penas.

Naimlap era un hombre pequeño, de voz cálida y ojos grandes y redondos. Cuando alguien le miraba fijamente quedaba cautivado por su mirada de pájaro, por la bondad, la sensatez y la fortaleza. Naimlap era un jefe querido y admirado por su pueblo.

Pero una noche fría y oscura, también él sintió flaquear sus fuerzas. Alzó los ojos al cielo y le dijo a la Luna que se sentía abandonado. Que él y su pueblo la habían seguido confiados, esperando que ella les marcara el camino. Pero esa noche no había Luna ni estrellas que alumbraran su

---

* El departamento de Lambayeque está ubicado en la costa norte del Perú.

penar. La Luna salió de entre las nubes para responderle que siguieran adelante, que el mar los llevaría al lugar prometido.

Los hombres estaban desesperados, hambrientos y cansados de viajar sin rumbo en medio de la inmensidad de unas aguas que parecían no tener fin. Entonces, Naimlap dirigió sus quejas al mar. Cuando el mar respondió ya despuntaban las primeras luces del alba. La voz del mar le dijo al balsero que se serenara un poco, que levantara los ojos hacia el horizonte para ver el borde de la tierra que andaba buscando.

Cuando la luz iluminó el cielo comenzó a sonar música de caracoles que venía de todas las balsas, la gente cantaba y reía de alegría. Entre todas las voces se alzó la de Naimlap que animaba a todos a saltar de sus barcas para pisar la nueva tierra. Los hombres desembarcaron y corrieron felices por la playa de una tierra fértil bañada por ríos de agua dulce que llegaban al mar. Una tierra poblada de pájaros y animales silvestres.

Se quedaron allí, en el lugar que hoy es Lambayeque. Construyeron sus casas de adobe y después aprendieron a cultivar maíz y a fabricar chicha para aliviar la sed. Fueron perfeccionando los oficios, confeccionaban vestidos con tejidos de colores y plumas de pájaros, aprendieron a extraer pigmentos minerales de la tierra para pintarse la cara de colores en las celebraciones y la mayoría aprendió a pescar.

El poblado se organizó y creció. Al cabo de un tiempo, habían nacido muchos niños en la nueva tierra. Los niños fueron aprendiendo los oficios que sus padres habían descubierto. Las gentes de las balsas comenzaban a echar sus raíces en la tierra nueva y olvidaron los duros días de la travesía.

Naimlap seguía al mando. Estaba al tanto de todo lo que pasaba en el poblado, organizaba las actividades y los grupos de trabajo, y era un consejero bondadoso para todos.

Pero un día vieron como si su alma se fuera alejando. Se pasaba mucho tiempo sentado en la playa, mirando al mar y las bandadas de pájaros que cruzaban el cielo. Recordaba quizá, el tiempo de la travesía, el gran viaje. En el fondo, Naimlap tenía alma de viajero.

De este modo, Naimlap se fue a pasar sus horas perdidas en soledad mirando al mar y nunca volvió. Su gente lo buscó por todas partes: en la playa, en la montaña, en la orilla del río, pero no pudieron dar con él. Después de varios días, un hombre del pueblo volvió de la playa trayendo noticias. Dijo que en la orilla había visto una bandada de pájaros volando muy bajo. El ave que comandaba el grupo pasó rozando su cabeza y el hombre escuchó una voz. Era la voz de Naimlap explicando que le había llegado el momento de desplegar las alas y emprender un nuevo viaje.

Las gentes del pueblo se entristecieron mucho y lo buscaron por los montes y los ríos. Para hacerlo regresar, miraron hacia el cielo y entonaron la más bella canción con sus conchas de caracol. Pero Naimlap no respondía. Un día que estaban todos reunidos evocando su recuerdo, la misma bandada de pájaros que uno de ellos había visto en la playa voló sobre el poblado. El pájaro más grande, al que los demás seguían, se dejó caer desde el cielo y pasó muy cerca de los que estaban reunidos. La gente miró fijamente al ave y, en sus ojos grandes y redondos, reconocieron la mirada feliz de Naimlap que se despedía.

Desde entonces, las gentes de Lambayeque no pierden la esperanza de que algún día su querido Naimlap detenga el vuelo, de que acabe la larga travesía que decidió emprender al lado de las aves y regrese, por fin, a esa tierra milagrosa donde desembarcó feliz con sus balseros.

45

LOS VENADOS DE BARRO

*Leyenda muisca**

Nadie en la tribu entendía por qué Toquechá tenía la mirada triste. Era un hombre, bello, fuerte y esbelto, de rasgos finos y caminaba con gran elegancia. Era el pescador más hábil, el cazador más valiente, el más fiero de todos los guerreros de la tribu. Las mujeres jóvenes soñaban con él, pero ninguna pudo conseguir su amor. Toquecá permanecía indiferente a sus coqueteos como si no las viera. Y cuando miraba, en sus ojos asomaba una gran tristeza.

El cacique Iraca, afligido por la melancolía de su hijo, decidió celebrar una gran fiesta para alegrarle el alma. Pensaba que así Toquechá conocería alguna mujer que lo enamorara y le espantara la tristeza. Pero cuando el baile terminó, al cabo de tres días, el príncipe seguía silencioso y taciturno. Iraca no supo qué hacer y empezó también a entristecerse.

Toquechá habló entonces con su padre. Le dijo que llevaba muchas noches soñando con animales que nunca había visto. Que eran veloces y corrían por el monte. Iban al encuentro de una niña de sonrisa dulce y ojos profundos como pozos. Dijo también que, cuando despertaba, sólo podía pensar en buscarla. Aun sin conocerla, la quería más que a nadie en el mun-

---

*Los muiscas fueron el grupo de indígenas más importante que los conquistadores encontraron en el territorio de la actual Colombia. Eran agricultores, pero tenían un comercio muy desarrollado. Organizaban ferias y mercados para el intercambio y su moneda era la sal. Fueron delicados orfebres y grandes ceramistas.

do. Pero no sabía dónde encontrarla. Ni siquiera sabía si la niña de sus sueños existía. Por eso andaba melancólico y callado.

Iraca, que no entendía de sueños, fue a buscar al sacerdote. Le contó que una pena afligía a Toquechá y que él mismo estaba desconsolado por no encontrarle cura al dolor de su hijo. El sacerdote le dio palabras de aliento. Le indicó que volviera a casa, que buscara a su hijo y le ordenara volver a sus tareas. Le prometió que entretanto él mismo se encargaría de encontrar un conjuro que pusiera fin al sufrimiento de ambos.

Una tarde, mientras caminaba por el campo, Toquechá oyó una voz que le hablaba. Sin saber por qué, fue siguiendo confiado las indicaciones que la voz del viento le iba dando. Le dijo que fuera a recoger agua de la laguna sagrada, que subiera al cerro, que dejara caer el agua en la tierra y que con el barro fabricara dos figuras iguales a las que había en los peñascos del monte. Cuando Toquechá hizo el barro, arriba en la montaña, levantó la vista hacia las rocas y vio dos animales conocidos. Eran los mismos que veía en sueños corriendo al encuentro de su niña hermosa. Modeló las figuras de barro con tanto cariño que parecía que las acariciaba. Al terminar las puso con cuidado en el suelo. Entonces las figuras cobraron vida y corrieron veloces hasta perderse en la montaña.

Muy lejos de allí, donde nace el agua, en una choza escondida en el bosque vivía Toquilla. Cada tarde se acercaba a la quebrada a lavar la ropa y a conversar con los pájaros del monte como si le entendieran. Un día, mientras oía correr el agua, dos animales del color de la tierra mojada bajaron a beber agua. Ella nunca los había visto y se quedó observándolos. Entonces el más pequeño se acercó demasiado a la orilla y la corriente lo arrastró. Sin pensarlo, Toquilla se lanzó también al agua para sacarlo. Lo llevó a casa, le curó las heridas y le dio de comer.

Poco a poco el animal fue sanando, pero ya no quería correr por el monte. Se quedó con Toquilla, la seguía a todas partes, bajaba con ella a la quebrada, volvía con ella a casa y dormía al lado de su hamaca. Se fueron encariñando y ya no se separaron nunca más. A cambio de su compañía, Toquilla le dio un nombre. Le llamó Chihica, que quiere decir «venado».

En la tribu los hombres se preparaban para ir de caza. Al mando del hijo del cacique Iraca cargaron los dardos, las flechas, las lanzas y se metieron en el bosque. Cuando caía la tarde, Toquechá vio la figura borrosa de una presa moviéndose entre el follaje. Era un hábil cazador, pero ésta vez su dardo no hirió al animal, sino a alguien que se puso delante para protegerlo. Toquechá corrió hacia allí y vio, desconsolado, en un charco de sangre, a la niña de ojos como pozos y sonrisa dulce que se le aparecía en sueños.

La cogió en sus brazos y arrancó el dardo de la herida para salvarla. Ella lo miró a los ojos.

—Me llamo Toquilla —le dijo—. Y este animal es mi amigo Chihica. Lo saqué de la corriente que se lo llevaba, cuando era muy pequeño. Desde entonces me acompaña. No dejes que muera. Llévalo contigo y cuando lo mires te acordarás de mí.

Después, Toquilla murió.

El príncipe muisca lloró hasta que sus ojos se secaron. Llevó el cuerpo de Toquilla y lo enterró en el cerro, en el mismo lugar donde había fabricado con barro el primer par de venados. Nunca pudo olvidarla. Siguió amando a la niña de sus sueños hasta que se murió de viejo. Y nunca se le curó el alma. Dicen que eso les pasa a los que se enamoran de sus sueños.

46

Koonek en la nieve

Leyenda tehuelche*

Las piernas centenarias de Koonek estaban agotadas por la marcha. Su cuerpo cansado ya no tenía la fortaleza necesaria para emprender el camino hacia el mar. La tribu partía río abajo lejos del frío de la montaña, tras el rastro de los animales de caza. Y la vieja curandera no podía mantener el paso. Su gente no quería dejarla sola, pero ella les dijo que era inútil luchar contra la naturaleza. El ciclo de su vida se cerraba y no había más que aceptarlo. Dijo que partieran los jóvenes, los fuertes. Ella se quedaba en la montaña a esperar el frío y la muerte.

Las mujeres de la tribu le hicieron un toldo con pieles de guanaco, recogieron leña y prepararon comida para que Koonek pudiera soportar el invierno. Después, se fueron entonando una triste canción de despedida. Ella siguió los pasos de su gente con la mirada. Los vio desaparecer detrás del filo de la montaña, igual que a todos los seres vivos. Un manto blanco fue cubriendo poco a poco el suelo, desvaneciendo el amarillo encendido de los árboles de otoño, el verde de los campos, el azul del cielo y las líneas

---

* Los tehuelches eran nómadas que habitaron en la Patagonia. Sus migraciones estaban determinadas por las estaciones y por las migraciones de los animales que seguían. Pasaban el verano en las montañas, cerca de los lagos, y el invierno en las costas. Los hombres se dedicaban a fabricar armas y a cazar (casi siempre guanacos y ñandúes), y las mujeres cocinaban y curtían las pieles.

que marcan los caminos y el lecho de los ríos. Pocos días después, los viejos ojos de Koonek no vieron más que blancura.

Todo era silencio. No escuchaba las voces conocidas de la gente de su tribu ni el canto de las aves ni el ruido del agua corriendo en el lecho. Sólo un silencio blanco, inmenso, que la iba envolviendo en un sueño pesado y le cerraba los ojos.

Pasó el invierno y un día comenzaron a salir los primeros brotes de la primavera. Otra vez el cielo se pintó de azul y los rayos del sol fundieron la nieve y espantaron el frío. Volvió el canto de las golondrinas, la voz de las cotorras y de los chilonguitos. Volvieron los colores de la tierra y la música de las cosas vivas.

Las aves vinieron a posarse sobre el toldo de piel de guanaco donde dormía la vieja Koonek. De su interior brotó una voz quejumbrosa que hablaba del frío y de la soledad que había padecido durante el larguísimo invierno. Las aves, sorprendidas, respondieron a la voz de Koonek. Le dijeron que en el otoño los árboles se habían quedado sin frutos y sin hojas, y ellos habían tenido que ir a buscar alimento y abrigo río abajo, cerca del mar, donde no hacía tanto frío. Ella les prometió que si no volvían a dejarla sola, a partir de entonces tendrían alimento en otoño y buen abrigo en invierno.

El viento comenzó a soplar con fuerza y la voz de Koonek se perdió en el aire. Cuando vino la ráfaga que hizo volar las pieles de su toldo, en lugar de la anciana había un arbusto espinoso de flores amarillas perfumadas.

Las aves pasaron la primavera y el verano en el arbusto cantando de memoria canciones de Koonek. Cuando vino el otoño, de cada flor amarilla fue germinando un fruto de color azul morado y sabor exquisito. Muchas aves vinieron a probarlo. Y los hombres también. Descubrieron que era un alimento precioso y desde entonces lo comieron.

Lo llamaron *calafate* y esparcieron sus semillas por todo lo alto de la meseta. Cuando viene el otoño, el suelo se cubre de frutos azul morado y las aves siempre tienen qué comer. A las únicas aves que no emigran con la llegada del otoño las llaman *comecalafates*.

47

El rugido de Tapira

Leyenda desana*

Tapira gobernaba la selva con sus rugidos. En su boca, escondido, llevaba el silbato más potente que hicieran sonar los animales y bramaba con tal fuerza que su voz se escuchaba en la jungla como un trueno. Hasta el animal más fiero se quedaba paralizado ante el estruendo del silbato de Tapira.

Se alimentaba de los frutos de sus árboles predilectos y cuidaba los frutales con tanto esmero que jamás se alejaba de ellos, ni siquiera para buscar agua. Cuando tenía sed, un estruendoso rugido de Tapira estremecía los árboles y, al momento, los animales espantados corrían a satisfacer todos sus deseos. Ella les pedía el agua que quedaba encharcada en las cuencas de las hojas grandes cuando llovía y se la bebía. Ni tan siquiera dormía, con tal de no descuidar los árboles que le daban su precioso alimento.

Tapira siempre estaba sola. Nadie venía a verla si no era para responder a su llamado aterrador. Ningún animal se hubiera atrevido a acercarse a sus dominios ni venir a conversar con ella, excepto la ardilla. Pero la ardilla es pequeña y la enorme Tapira no se sintió amenazada el día que la encontró colgada de la rama de uno de sus frutales.

---

* Los desana son tribus indígenas que viven en la Amazonia, en la frontera entre Colombia y Brasil.

Estuvieron conversando durante un rato largo. Poco a poco, se animaron, y la ardillita le contó a Tapira que monte abajo había un remanso del río donde el agua era fresca y transparente. Le dijo que los rayos del sol se colaban a través de las hojas de los árboles y que era delicioso dejarse acariciar por la corriente.

Tantas cosas le contó la ardilla, que Tapira no pudo resistir las ganas de ver por sí misma todo lo que la diminuta relatora explicaba. Pidió a la ardilla que le enseñara el camino o que la acompañara a aquel lugar tan maravilloso para que ella supiera también lo bien que sentaba un baño en las aguas del río.

La ardilla saltó desde la rama del árbol de las frutas y se mostró encantada de indicarle el camino. Como el agua era realmente fresca y transparente, como de verdad el sol acariciaba la piel de Tapira a través de las ramas, y como era un sueño dejarse arrastrar por la corriente suave del río, a Tapira se le fueron las horas sin darse cuenta.

Cuando volvió a su casa lo encontró todo revuelto. Los frutos verdes habían sido arrancados sin dejar que maduraran. Los que estaban en su punto para ser comidos habían desaparecido, sólo quedaban algunos restos pisoteados y esparcidos por el suelo y árboles caídos y ramas rotas. Nada que comer. Tapira se enfureció de tal modo que su rugido de ira se escuchó a lo largo y ancho de la selva e hizo venir a todos los animales para preguntarles quién había robado su preciado tesoro.

Pero los animales no respondieron. Estaban tan asustados que, en lugar de confesar que todos habían aprovechado su descuido para robarle, decidieron enmendar el daño hecho trayéndole frutas desde lejos. Fueron pasando uno por uno, trayéndole sus ofrendas de frutas, hasta que a ella, ya con el estómago lleno, se le fue calmando el disgusto.

Entonces llegó el turno del macaco. Venía con un ramo de bananos amarillos como el sol y dulces como la miel. Para comerlos, Tapira sacó el silbato de su boca que tenía siempre guardado entre los dientes. Mientras se deleitaba con los bananos, el macaco cambió el potente silbato de Tapira por el suyo, que era débil como un susurro quejumbroso.

Cuando Tapira terminó de comer, cogió el silbato del mono, creyendo que era el suyo, para dar la orden de partir a todos los animales. Sopló con todas sus fuerzas, pero sólo emitió un ruidito tímido que en vez de asustarlos, hizo reír a todos los que la estaba mirando. El macaco, en cambio sólo con un soplido consiguió que todos le escucharan y supieran quién sería el nuevo rey de la selva.

Desde entonces, el macaco tiene la voz tan potente como el trueno y, desde las ramas de los árboles más altos, gobierna la selva y los bosques con su rugido.

48

LA FLOR DE IRUPÉ
Leyenda guaraní

La joven Moratí, hermosa como ninguna, era vanidosa y le gustaba presumir de su belleza. Sentir que los hombres la deseaban, las mujeres la envidiaran y ver que todas las gentes de la tribu, por una u otra razón, pusieran sus ojos en ella.

Un día, paseando con otras mujeres por la orilla del río, Moratí vio a Pitá. Pitá era un guerrero valiente y apuesto que estaba perdidamente enamorado de la bella Moratí. Ella lo sabía y para hacer alarde del amor que el guerrero le profesaba, se quitó un hermoso brazalete de oro que llevaba alrededor del brazo y lo tiró al río. Pitá se lanzó de inmediato a las aguas para recuperarlo. En la orilla, Moratí se ufanaba de las cosas que un guerrero enamorado podía llegar a hacer por ella.

Pero pasó el tiempo y Pitá no salía del agua. Las muchachas corrieron a avisar a la tribu de lo que estaba sucediendo y Moratí, desesperada, fue a buscar al hechicero para que le diera consejo.

—Sabía que él me amaba —dijo entre sollozos Moratí—, lo que no sabía es que yo le amara tanto. Dime qué he de hacer para que vuelva. Estoy dispuesta a cualquier cosa con tal de verlo otra vez a mi lado, porque mi vida sin él no tiene sentido.

—Pitá está prisionero en las redes de Cuyá Payé, el espíritu de las aguas. Cuyá Payé tiene forma de mujer, la más hermosa que ojos humanos hayan visto jamás. Su hechizo le ha arrastrado por las profundidades del Paraná y, entre sus brazos, se ha olvidado de ti y del amor que te tiene. Allí se quedará, para siempre junto a ella si no vas a buscarle. Sólo tú puedes salvarle. Sólo tu amor, si de verdad le amas, puede arrebatarlo del encantamiento del espíritu del agua.

Moratí salió corriendo de la casa del brujo y, sin perder un segundo, llegó a la orilla del río. Cogió unas piedras grandes y se las ató a los pies para hundirse hasta el fondo y se lanzó a las aguas. Las gentes de la tribu entonaron canciones para que la música la acompañara y le diera ánimos cuando las fuerzas le fallaran.

El Sol se ocultó y la Luna recorrió el cielo de este a oeste, pero los jóvenes no volvían. Las gentes de la aldea pasaron la noche cantando en la orilla con la esperanza de verlos aparecer. Al rayar el alba, unas hojas de irupé flotaron río abajo y se detuvieron delante de la tribu. Sobre las hojas se abrió una hermosa flor aromática que tenía en el centro un círculo de pétalos blancos y, a su alrededor, un anillo de grandes pétalos rojos, como los labios de Moratí. Después, bajo el primer rayo de sol, la flor del irupé dejó escapar un suspiro y se sumergió en el agua.

—Es la flor del amor —dijo el hechicero—. Moratí ha conseguido despertar a Pitá del embrujo de Cuyá Payé. La flor aromática de pétalos blancos y rojos es el amor de Moratí y Pitá, que viven en las profundidades y siguen amándose.

Desde entonces, cada vez que en las inmensas aguas del Paraná aparecen flotando las flores del irupé, los habitantes de sus riberas recuerdan el amor del valiente guerrero Pitá y la hermosa Moratí, que aún siguen amándose en las profundidades del río.

49

EL CANTO DEL KAKUY

Leyenda quechua*

En lo más profundo de la selva vivían un niño y una niña huérfanos de los que nadie se ocupó jamás. Aprendieron a cuidarse solos, a alimentarse y a buscarse la vida en el interior de la jungla frondosa. Vivían en su choza, apartados de todo, sin más compañía que la de los árboles y las bestias del monte; sin más cariño que el que podían darse el uno al otro.

Sin embargo, a pesar de haber crecido en la misma soledad y bajo los mismos designios de la selva, en sus corazones guardaban sentimientos muy dispares. El muchacho amaba y protegía a su hermana. Conocía la selva palmo a palmo porque todos los días iba en busca de alimento para que ella no pasara hambre. Sabía dónde corrían los ríos porque se había sumergido en todos ellos en busca de los peces que a ella le gustaba comer. Sabía encontrar el camino que llevaba a los panales donde las abejas hacían la miel más dulce y no le importaban las picaduras de los insectos ni los arañazos que le hacían las ramas de los árboles cuando trepaba en ellos para conseguir la dulce miel que la niña tanto quería y que la hacía sonreír. Había aprendido a olfatear al tigre feroz para detectar su presencia y a matarlo, si era necesario, para que su hermana no corriera peligro.

---

* El quechua es la lengua indígena que hablaban los incas y que, por extensión, a veces se usa también para denominar a este pueblo.

Ella, en cambio, era perezosa y tenía el corazón endurecido y oscuro como la noche. Pasaba los días ociosa, esperando que su hermano le trajera comida, pidiendo más y más cada día y sin quedar nunca satisfecha. Jamás estaba contenta ni agradecida. El muchacho no dejaba de esforzarse para complacerla, pero a cambio recibía los insultos, los gritos y los malos tratos de su niña querida. Nunca un sólo gesto de cariño, ni una sola señal de afecto.

Una noche, el chico volvió a casa cansado y sin nada que comer porque eran tiempos de sequía. Los animales andaban esquivos y los frutos escaseaban. Venía herido. Por querer atrapar una perdiz se había arañado la piel de las manos con las púas de un cactus espinoso. Al entrar en casa, pidió a su hermana un poco de aguamiel para calmar la sed y curar las heridas. La muchacha la trajo, pero cuando estuvo delante de su hermano le lanzó el cuenco a la cara y la miel cayó al suelo. Estaba enfurecida porque tenía hambre y no había qué comer.

Desde ese día, se fue minando el cariño que el chico le tenía a su hermana. Hasta que la vida juntos se les hizo insoportable. Cuando él preparaba comida, ella le lanzaba tierra sobre el plato, cuando él intentaba hablar ella era una tumba y por las noches, cuando dormía, ella lo despertaba a gritos y a empujones. Poco a poco, al chico se le fue agotando la paciencia y su corazón, que hasta entonces había sido dulce y tierno, se llenó de rencor y empezó a acumular rabia y deseo de venganza. Sólo tuvo que esperar un poco más para que aquellos terribles sentimientos se desataran.

Una mañana, la hermana, imperiosa e impaciente, le dijo que tenía sed, que fuera en seguida a buscar miel para ponerle al agua de beber. A pocos metros de su casa había un árbol altísimo. El chico trepó por el tronco y lanzó una de las puntas de la cuerda que llevaba con él para que ella, amarrada por la cintura, subiera también. Con la otra punta enlazó la rama más alta del árbol. Cuando estuvieron a la misma altura, el muchacho, en lugar de permitir que los dos se posaran en la misma rama, siguió tirando de la cuerda y ella fue subiendo, cada vez más alto, hasta que no pudo ver ni la cabeza de su hermano allá abajo.

Al principio, miró complacida el mundo desde arriba. Sólo las nubes eran más altas que ella. La selva se veía como un inmenso manto verde y tupido que cubría el suelo. Pero cuando gritó a su hermano para que le ayudara a bajar, el chico no respondió. Muchas veces lo llamó, pero nunca tuvo respuesta. Trató de bajar, pero descubrió que era débil y que sin la ayuda de su hermano no podría hacerlo. Entonces se dio cuenta de que estaba sola. Se aferró como pudo a la rama donde apoyaba los pies y por primera vez se sintió abandonada y aterrorizada. Un enjambre de abejas enfurecidas comenzó a zumbar alrededor de ella y la aturdieron de tal manera que estuvo a punto de enloquecer.

Cuando el enjambre se dispersó, la niña vio el sol esconderse bajo el manto verde de la selva, vio la noche caer sobre la tierra y las estrellas brillar en el cielo inmenso. Ella seguía inmóvil, aferrada a la rama que la sostenía, casi tullida por el esfuerzo y el frío. Estaba muy asustada y arrepentida de haber sido tan cruel con la única persona que la había acompañado y le había dado mimos, cuidados y cariño. Alzó la voz para gritar el nombre de su hermano, pero de su garganta salió un sonido débil como un lamento que repetía «kakuy turay, kakuy turay», que en lengua quechua significa «permanece, hermano mío». Pero tampoco obtuvo respuesta.

Entonces, quiso escapar, desplegar sus brazos como si fueran las alas de un pájaro y volar hasta el suelo para ponerse a salvo. Tan ferviente fue su deseo que, de repente, su cuerpo comenzó a cubrirse de plumas. Las piernas entumecidas se convirtieron en patas y los pies agarrotados se transformaron en garras. La nariz se convirtió en un pico encorvado y sus brazos, por fin, en alas.

Así nació el kakuy, de grito lastimero, clamando por la ayuda del hermano ausente. Las criaturas nocturnas, los viajeros, los habitantes de chozas apartadas, las expediciones de los conquistadores, las legiones de libertarios o los arrieros que cruzan los campos siguiendo a sus recuas; todos han oído, en alguna noche oscura, el canto triste del kakuy, que sigue buscando por la selva espesa la compañía del hermano bondadoso.

50

FUERTES COMO EL PUMA, ASTUTOS COMO LA ZORRA

Leyenda mapuche

Era el tiempo de recoger piñones. El sol rojo anunciaba que el invierno se acercaba y que debían buscar los frutos que servirían de alimento en los meses de frío. Los días todavía eran calurosos. Aunque no habían comenzado a caer las lluvias, ya se respiraba el aire de otoño. El hombre convidó a sus dos hijos para que subieran con él a la montaña. Llevarían canastos grandes y dos guanacos que les ayudarían a bajar la carga desde el cerro.

En la cima, las ramas de las araucarias se doblaban con el peso de los piñones que caían como lluvia sobre la hierba. Había fresas silvestres, patatas y avellanas. La tierra ofrecía a montones los regalos de los dioses e ir al monte a recogerlos era como una fiesta para los hombres. El padre y sus hijos buscaron un refugio para pasar la noche y luego salieron a llenar de alimentos sus canastos.

De repente, el tiempo cambió, unas nubes negras cubrieron el cielo y el viento del norte comenzó a soplar con fuerza. El temporal los sorprendió en lo alto de la cordillera, el diluvio que caía iba convirtiendo los riachuelos en corrientes enormes de aguas turbulentas que se salieron de sus cauces y comenzaron a inundar la tierra.

El hombre guió a sus niños hacia lo alto de una roca que sobresalía de la montaña para que estuvieran a salvo del agua que ya cubría casi todo el suelo. Ellos pudieron trepar y alcanzar la roca, pero su padre y los dos guanacos fueron arrastrados por la corriente.

Pasaron muchos días. Los niños lloraban desconsolados mirando desde la roca los torrentes de agua que arrasaban los bosques, los animales y las casas de los hombres. El mundo se iba convirtiendo en un inmenso lago que se tragaba todo lo que estaba vivo. Cuando estaban a punto de desfallecer de hambre, de frío y de miedo, sintieron que algo chocaba contra el saliente de la piedra. Era de noche y no podían saber qué provocaba aquel crujido, aquel un arañazo en la piel de la roca. Con la luz de un relámpago vieron las ramas de un coihue centenario que el temporal había arrancado del suelo desde la raíz y que estaba restregándose contra la pared de la roca, empujado por la corriente.

El árbol era inmenso, sus ramas se elevaban sobre el agua como las velas desplegadas de un barco y su tronco era ancho y generoso, como un puente tendido para que pasaran por él. Los niños dejaron la roca, subieron al tronco del coihue y se refugiaron de la lluvia entre sus ramas. Un empujón de la corriente arrastró el árbol aguas abajo y los niños, a bordo, emprendieron un largo viaje.

Entre las hojas encontraron nidos de pájaros con huevos y muchos animales que, igual que ellos, se habían agarrado a las ramas del árbol que flotaba como un enorme navío sobre la corriente. Después, cuando el temporal fue amainando, descubrieron aterrados que entre el follaje se escondían una zorra y un puma que los miraban fijamente mientras mantenían una extraña conversación.

—Estoy harto de la carne de conejo —dijo el puma a la zorra, mirando a los niños y pasando la lengua por el hocico.

—Pues habrás de seguir hartándote —le contestó la zorra—. Los hijos del hombre se han salvado del diluvio por un favor de los dioses y ni tú ni yo debemos contradecir a sus designios. He perdido a mis pequeños entre la corriente y voy a cuidar a estos niños. Les daré la leche que tendrían que beber mis cachorros y serán astutos como yo. Tú podrías enseñarles a ser fuertes, valientes y orgullosos para que puedan sobrevivir y hacerse grandes.

Sin esperar la respuesta del puma, la zorra se acercó donde estaban los niños y se restregó con suavidad contra sus piernas para que no tuvieran miedo. Después, se tendió a sus pies y les ofreció su leche. El puma la siguió, les puso en el pecho su pata sin garras y les lamió las manos. Los chicos tardaron un tiempo en disipar la sorpresa y el miedo, pero poco a poco fueron aceptando los cuidados y entendiendo las intenciones y el lenguaje de las fieras.

Por fin cesaron las lluvias. Los niños construyeron una ruca, dejando que el Sol entrara por un agujero y saliera por el otro, según la costumbre de los mapuches. Las aguas fueron bajando, buscando el cauce de los ríos, hasta que el enorme coihue quedó enterrado en el barro como un barco encallado en aguas poco profundas. Cuando el viento secó la tierra, la zorra, el puma y los pequeños saltaron del árbol y buscaron una cueva para refugiarse.

La zorra y el puma bautizaron de nuevo a los hijos del hombre. Al niño le llamaron Manque, el cóndor, que vigila la tierra planeando desde el cielo. A la niña le dieron el nombre de Melipal, la cruz del sur. La zorra les siguió alimentando mientras duró el invierno y el puma les enseñó a oler el viento, a estar bien atentos y descifrar los signos de la naturaleza para poder atrapar a sus presas.

Cuando llegó la primavera, los niños volvieron a recoger frutos y a atrapar peces en el agua. La zorra les enseñó a atraer a los gansos moviendo las patas, sonriendo y meneando la cola. El puma les enseñó a ser sigilosos y a permanecer serios, indiferentes, para que los demás no conocieran jamás sus pensamientos. Cada uno, a su manera, los instruyó para enfrentar al enemigo. Pero los niños necesitaban cariño y querían saber cómo debe tratarse a los amigos.

El puma y la zorra, acostumbrados a estar solos, tuvieron que retirarse y pensar un rato largo. Al final de la tarde el puma decidió volver al río para decirles que era mejor olisquear bien a los desconocidos antes de considerarlos amigos.

—No sólo se huele el cuerpo —les dijo—, también el alma. Hay que distinguir el olor de la verdad y la mentira. Y jamás mentir a aquel en quien confías.

—Los amigos son como hermanos —dijo la zorra después de dar vueltas y vueltas tratando de pillarse la cola—. Ni más altos, ni más bajos que nosotros mismos. La igualdad sólo se consigue sabiendo reconocer las diferencias y aprendiendo a amarlas.

Melipal y Manque que ya conocían el secreto de la guerra y de la paz, estaban listos para enfrentarse al mundo. Había llegado la hora de despedirse de las fieras.

Eran los nuevos mapuches, la gente de la tierra. Habían adquirido la valentía y la fuerza del puma e hicieron con él un pacto que duraría para siempre. Por sus venas corría la astucia de la zorra, transmitida gracias a la leche que bebieron de ella.

Las bestias lamieron sus manos y sus caras, les dieron la espalda y se alejaron despacio, al lugar donde se oculta el Sol. Los jóvenes mapuches también emprendieron un viaje.

Tuvieron que caminar muchos días buscando a otros seres humanos, que como ellos, hubiesen sobrevivido al diluvio implacable. Cuando los encontraron volvieron a formarse las tribus de mapuches, la gente más astuta y más valiente que jamás haya pisado la tierra.

51

LA PRIMERA BRUJA

Leyenda ticuna*

El mundo era muy joven y algunas cosas todavía no existían. Aún faltaban unos cuantos animales y plantas de las que crecen hoy en la Tierra. Los hombres eran brujos y los diablos andaban rondando por el monte. Había poca gente, las parejas se formaban con parientes cercanos y muchas mujeres eran entregadas a hombres que no querían.

Eso le pasó a Chimuiyaé, una muchacha joven que fue entregada por la fuerza a Ngutapa, un hombre mayor al que le gustaba la cacería. Ngutapa llevaba a su mujer al monte para que le ayudara a recoger las presas que caían muertas al suelo. Pero ella no le hacía caso, se sentaba bajo la rama de algún árbol y se le iban las horas mirando a los pájaros. Ngutapa se enfadaba, le decía que sus órdenes debían ser cumplidas, que se levantara enseguida a recoger los animales que él acababa de matar. La muchacha sentía miedo y se ponía a mirar atenta el lugar donde iban cayendo los micos y los pájaros que su hombre cazaba. Pero cuando iba a recogerlas, las presas desaparecían.

Muchas veces Chimuiyaé regresó con las manos vacías, hasta que Ngutapa enfureció y decidió castigarla. La agarró del brazo y la arrastró hasta un palo de tangarana donde caminaban las hormigas bravas. La ató

---

* Los ticunas son un pueblo indígena que aún vive en la Amazonia colombiana.

y la dejó a merced de las avispas y de los bichos que venían a picarla y a morderla, y se marchó.

Cuando llegó la noche, un animal de voz dulce vino a cantar al lado de Chimuiyaé. De tanto oír su canto ella fue aprendiendo su lengua y le pidió que la soltara. El animal rompió las cuerdas que ataban sus manos y los pies y así Chimuiyaé quedó de nuevo en libertad.

Se echó a andar por el bosque buscando qué comer hasta que se hizo de día. Cuando alzó la vista vio un guacamayo mágico que cruzó el cielo, se posó en la rama de un árbol y se puso a conversar con ella. Chimuiyaé le dijo que estaba perdida, muy lejos de su casa. El guacamayo le advirtió de que se encontraba en la tierra de los brujos y que él no podía sacarla de ahí, pero que podía indicarle cómo salir. Le dio un espejo encantado en el que Chimuiyaé vio a su familia llorando y sufriendo por ella, y también le dio un peine hechizado para que, cuando se peinara, cayeran muertas las presas de caza que ella anduviera persiguiendo.

El camino que Chimuiyaé tenía que recorrer antes de volver a casa estaba lleno de magia oscura y de peligros. Pero el ave mágica le dijo que tenía que atravesarlos sola y que tuviera cuidado con los diablos que habitaban en la selva. También le aseguró que si lograba llegar a la casa de su padre vería el castigo que tendría que padecer el hombre que la había hecho sufrir tanto.

Chimuiyaé se fue andando y en un claro del bosque encontró una casa vacía y se sentó en una hamaca rota que encontró en la entrada. Se acordó que cuando era niña había tenido un morrocoy que un día desapareció. La tortuga tenía un filo en el borde de la concha y cuando se subía a la hamaca que tenían colgada en la casa de su padre, la rompía de un modo parecido al de la hamaca donde ella ahora se sentaba.

Sin pensar en lo que hacía, Chimuiyaé se puso a remendar la hamaca de la misma manera que cuando era pequeña y vivía con Maye, su padre. En eso estaba, tejiendo recuerdos con los hilos de la hamaca rota, cuando vio venir a su tortuga.

La tortuga reconoció a su dueña y le contó que hacía mucho tiempo que el diablo que habitaba esa casa la había robado y la había llevado hasta allí. Le dijo que había visto lo que le pasaba a aquellos que llegaban igual que ella y le advirtió de que el diablo vendría y le ataría una cuerda larga de la cintura, que así atada, la mandaría a buscar yuca, chontaduro y agua para cocinar, y que después querría comérsela con los alimentos que hubiera recogido.

Para salvarse, Chimuiyaé debía hacer todo lo que el diablo le ordenara y cuando hubiera ido y venido muchas veces trayendo las cosas que él le pedía, tendría que volver al río, soltarse la cuerda de la cintura y atarla a una piedra para que quedara tensa y el demonio al tirar de ella pensara que la muchacha estaba al otro lado. Entonces debía huir antes de que el señor de los infiernos se diera cuenta del engaño y viniera a perseguirla. La tortuga estaría esperándola en el río para enseñarle el camino de vuelta a la casa de su padre.

Eso hicieron, tal como había dicho la tortuga y así lograron despistar al diablo y escapar. Cuando llegaron al lugar donde empezaba el camino de vuelta, la tortuga le dijo a Chimuiyaé que debía matar a todos los animales que fuera encontrando a su paso, para que no pudieran decirle al diablo que la habían visto pasar. Por eso el demonio no tuvo a quién preguntarle por ella, se cansó de buscarla y regresó a su casa a descansar en su hamaca rota.

Andando, andando, Chimuiyaé llegó a la casa de otro diablo. Ahí encontró una mariposa enorme que salió volando y riendo, diciendo que iba a comer a casa de un hombre llamado Maye. Chimuiyaé reconoció el nombre de su padre y pidió a la mariposa que la llevara con ella. La mariposa le dijo que cuando oyera sonar las cosas que llevaba ocultas en su canasta sabría que era la hora de partir, antes de que viniera el diablo y las comiera a las dos. Cuando estaba amaneciendo, Chimuiyaé oyó sonar la canasta de la mariposa, se levantó y la siguió. Pero la mujer caminaba despacio y tardaba demasiado, entonces la mariposa sacó de su canasta unas alas de otra mariposa muerta para que Chimuiyaé se las pusiera y se echara a volar con ella.

Así recorrieron el resto del camino. Unos metros antes de llegar a la casa de Maye, Chimuiyaé se quitó las alas prestadas para ser de nuevo una mujer. Pero, sin darse cuenta, durante el camino recorrido, Chimuiyaé se había convertido en una mariposa bruja y no pudo entrar en la casa de su padre. Se quedó fuera, escondida, escarbando en la basura, como hacen las mariposas brujas.

Su hermana pequeña la descubrió, la miró a los ojos y la reconoció. Fue corriendo a decirle a su padre que la hermana mayor había regresado, pero Maye no le creyó y le respondió que Chimuiyaé hacía tiempo que habría muerto, que seguramente un tigre la habría devorado. Como la pequeña insistía, el padre se dejó guiar hasta el lugar donde la niña decía que había visto a su hermana mayor. Tuvieron que acorralarla para que se dejara coger y entre los dos lograron atraparla.

Cuando Chimuiyaé entró en su casa ya era bruja y no tardó en practicar sus hechizos y hacer daño a los hombres. Un día, convertida en mariposa, se fue a buscar a Ngutapa y se posó en su rodilla. Le hizo una herida muy dolorosa y cuando el hombre llegó a su casa descubrió que a través de la carne transparente de su rodilla se veían unos niños diminutos que se movían dentro. Los sacó como pudo, los alimentó, los crió y los niños fueron creciendo.

Los hijos de Ngutapa eran traviesos y desalmados. Sus travesuras fueron tan perversas que un día hicieron que su padre perdiera el camino, se extraviara en la selva y fuera devorado por un tigre. La madre de Ngutapa hizo venir a los niños para que fabricaran un caimán de barro que mordiera al tigre que había matado a su hijo. También fabricaron la figura del tigre y le abrieron las tripas, y de ellas sacaron los trozos que quedaban de Ngutapa. Los pusieron en una bolsa que colgaron de un árbol mientras recorrían la tierra buscando los trozos que el tigre no había comido para juntarlos todos y darles vida o sepultura.

Una lora pasó volando y rompió la bolsa a picotazos. Los trozos de carne que iban cayendo se fueron transformando en peces, en animales de tierra y en hombres blancos, negros y amarillos.

El cuerpo de Ngutapa nunca fue reunido de nuevo. Ese fue su castigo, quedó repartido entre los animales que faltaban por llegar y entre todos los pueblos de hombres diferentes que después poblaron la Tierra y caminaron por ella.

52

Ipi y Moé

Leyenda ticuna*

Cada mañana, antes de que saliera el Sol, los dos hermanos Ipi y Moé se paraban impacientes delante de una mata de umarí. Ellos sabían que cuando el único fruto que tenía el arbusto madurara y cayera al suelo, se partiría en dos y de él saldría la primera mujer.

Ipi y Moé estaban ansiosos por ser, cada uno, el dueño de la mujer que estaba por llegar al mundo y decidir cuál de los dos se quedaba con ella. De este modo resolvieron que sería del primero que viera caer el fruto.

Para matar el tiempo mientras la fruta caía, Moé paseaba por la selva haciendo sonar su flauta, cazando, pescando y contando las horas que debían faltar para que por fin apareciera la mujer que tanto deseaba.

Ipi en cambio no sabía cómo calmar su impaciencia. Gastaba el día entero como loco, dándole vueltas a la mata de umarí, sacudiéndola, golpeándole las ramas para que el fruto, todavía verde, cayera al suelo y él pudiera llevarse a la mujer. Moé le decía que debían tener paciencia, que no se puede dar prisa a la naturaleza cuando hace su trabajo y que el fruto caería solo. Pero Ipi era voluntarioso, no entendía la medida del tiempo y sólo pensaba en que la mujer debía ser suya. Mientras tanto, el fruto seguía madurando en su rama, ajeno a las preocupaciones y a las disputas entre los dos hermanos.

---

* Los ticuna viven en la Amazonia.

Una mañana, Ipi, agotado por la ansiedad y por la impaciencia, se quedó dormido hasta muy tarde. Cuando despertó se fue corriendo al lado del arbusto de umarí y llegó justo a tiempo para ver la fruta madura caer a los pies de su hermano Moé y partirse en dos. De la cáscara rota salió una mujer diminuta que se fue agrandando poco a poco hasta alcanzar el tamaño del hombre que tenía delante. La mujer lo miró y se echó en sus brazos. Ipi los observó, lleno de rabia, desde lejos. Quería ser el dueño de la primera mujer tanto como Moé, pero había llegado demasiado tarde.

Moé no dijo nada. Tomó a la mujer, que le pertenecía según lo pactado, y se la llevó a casa. Aprendió la manera de hacerla diminuta otra vez y dejarla guardada dentro de su flauta cuando tenía que salir de caza. Así pasaba los días. Todas las mañanas salía a perseguir sus presas por la selva y por la tarde volvía, sacaba a la mujer de la flauta y tocaba alguna canción para que ella estuviera alegre.

Pero Ipi siempre los estaba rondando. No los dejaba solos ni un momento. Igual que había hecho antes alrededor de la mata de umarí, saltaba y corría alrededor de la mujer para llamar su atención y para impedir que ella y Moé pudieran estar juntos y hacer el amor.

Pasó un tiempo y un día Moé emprendió un largo viaje. Iba siguiendo a una presa escurridiza y preparó armas y comida suficiente para muchos días. No pensaba volver con las manos vacías. Antes de partir, mandó a Ipi a buscar agua, mientras tanto tomó a la mujer, la hizo pequeñita de nuevo y la metió en la flauta. Aprovechando que Ipi no lo veía, guardó la flauta en un escondite secreto y se marchó.

Ipi volvió con el agua, pero al ver que su hermano no estaba buscó con desesperación la flauta donde Moé había guardado a la mujer. Como no podía dar con ella, se inventó la manera de que fuera ella misma, con su risa, la que le indicara el camino para encontrarla. Se puso a dar saltos y volteretas para hacerla reír. Hacía muecas con las manos y la cara, bailaba y brincaba sobre el fuego, pero la mujer permanecía en silencio, hecha un ovillo dentro de la flauta escondida. Entonces Ipi se fue de nuevo al río y volvió con una cesta llena de mojarras vivas. Las tiró sobre el fuego y las mojarras comenzaron a saltar; él brincaba al mismo tiempo, tratando de atraparlas con la mano, de darles golpes con los pies, con la cabeza y las rodillas, al mismo tiempo que iba riendo y cantando una canción desentonada.

La mujer lo veía a través de uno de los agujeros de la flauta, acurrucada y con las manos apretadas tapándose la boca para no dejar escapar la risa. Pero fue tan disparatado el baile del hombre, las mojarras y las llamas encendidas, que la mujer soltó una carcajada que se oyó en toda la selva. Ipi fue guiado por el sonido de la risa y no le costó trabajo encontrar el escondite. Como no sabía el secreto que hacía salir a la mujer de la flauta, le dio golpes y golpes contra las piedras hasta que la flauta se rompió y salió la mujer diminuta que se fue agrandado delante de sus ojos.

Aunque hicieron el amor sólo una vez, ella quedó preñada de Ipi. El vientre le fue creciendo y, por más que Ipi trataba de envolverla, no consiguió encogerla y meterla de nuevo en la flauta. Al llegar, Moé encontró su flauta rota y a su mujer esperando un hijo que no era suyo. Sin embargo, no les dijo nada.

Preparó el baile de ceremonia de la pubertad de la mujer, que se celebró demasiado tarde, y sacó al niño del vientre de su madre. Le dijo a Ipi que le pintara al niño rayas en el cuerpo con la tinta de una planta de güito, que se rayara él también y que después se tirara al agua. No volvieron a verle, porque cuando el cuerpo rayado de Ipi se zambulló en el río, se convirtió en un pez brillante y rojo como el color de la tinta de güito, y se fue nadando aguas abajo.

Fue pasando el tiempo y el recuerdo de Ipi se perdió entre la corriente del río. Un día, la mujer volvió contenta a casa y le dijo a Moé que había visto un pez rojo y brillante cuando se estaba bañando y que quería atraparlo y traerlo a casa para regalárselo al niño. Moé le dijo que no, que se olvidara del pez y que se alejara del río, que no volviera jamás a bañarse en ese lugar. Ella no le obedeció y, un día que Moé salió a cazar, le robó el anzuelo y se fue corriendo al río. Cuando el pez mordió la carnada, la mujer lo cogió y lo sacó del agua y, allí mismo, lo vio transformarse de nuevo en hombre. Era Ipi, que volvía para enfrentarse con su hermano.

Nadie sabe bien lo que pasó el día que Ipi y Moé se encontraron, pero la batalla fue terrible. Ninguno de los dos quiso vivir más en aquel lugar y se alejaron de ahí para siempre, uno hacia el norte y el otro hacia el sur.

Desde el sur, Ipi todavía hace lo que puede para acabar con el mundo, enviando temblores de tierra y tempestades que azotan los campos. Moé, desde el norte, no permite que el mundo se acabe, aplaca la fuerza de los vientos y le calma los temblores a la Tierra porque cree que todavía faltan muchos hombres por nacer.

Dicen que cuando nazcan todos los hombres que han venir al mundo, Moé dejará de cuidar la Tierra y su hermano Ipi acabará por destruirla.

53

Kaliawiri, el árbol de la comida
Leyenda sikuani*

Mono de Noche caminaba solo todas las noches hasta el río donde la gente sacaba agua, pero no se detenía ahí. Cruzaba la corriente y llegaba a un lugar secreto donde nadie había estado jamás. Volvía al amanecer, saciado y satisfecho, y se pasaba el día durmiendo, tirado en el suelo con la boca abierta. Traía olor a comida, algo dulce y sabroso que solo él sabía hallar.

En ese tiempo, la gente sólo comía hongos que encontraba en el suelo y las frutas que caían de los árboles; el alimento era escaso y difícil de hallar. Pero mientras Mono de Noche dormía, los demás se dieron cuenta de que guardaba el secreto del lugar de la comida. Entre los dientes le quedaban trocitos que olían a dulce y, sin notarlo, se los sacaron, se los pasaron de mano en mano para olfatearlos. Ese día la gente decidió que al anochecer alguien debía seguir al mono para descubrir su secreto.

Cuando el sol se estaba ocultando, Mono de Noche se despertó y emprendió el camino de rama en rama hasta llegar al río. Paca lo seguía desde el suelo, ocultándose entre los árboles, pero Mono de Noche lo vio y

---

* En la actualidad los sikuani son en su mayoría agricultores sedentarios. Sin embargo, en todas las narraciones está presente el espíritu del nómada incapaz de asentarse en un sólo lugar. Quizá por eso y por la tremenda presión colonizadora que los blancos han ejercido en toda la Amazonia, las historias sikuani están impregnadas de una angustia obsesiva por la supervivencia.

comenzó a tirarle frutas de las que la gente ya conocía para que Paca se hartara y dejara de seguirlo. Cuando llegaron a la orilla, Mono de Noche trepó hasta la copa de una palma de manaca que comenzó a crecer y crecer hasta que la punta se dobló y tocó tierra al otro lado del río. Paca, que miraba desde abajo, se zambulló en el agua y cruzó también. Unos pasos más adelante vio el lugar secreto de Mono de Noche: era Kaliawari, el árbol inmenso de la comida.

De sus ramas colgaban plátanos, yucas, piñas, lulos, ajíes y batatas y un montón de cosas más que la gente nunca había probado. El árbol era frondoso y tan alto que el copo casi tocaba el cielo. Desde lo alto bajaba la liana de veneno, que sirve para pescar, y también la liana de capi que hace nudos tan fuertes que son imposibles de desatar.

Paca estaba embriagado por el olor de las frutas y desde el suelo iba comiendo todos los trocitos que Mono de Noche dejaba caer. Entonces a Mono de Noche se le escapó una piña de las manos, Paca la atrapó y salió corriendo; atravesó el río con la piña entre los dientes y siguió andando camino a casa.

Anduvo toda la noche y, cuando ya casi amanecía, llegó por fin a donde estaban los otros. Paca partió la piña en pedazos muy pequeños y nadie se quedó sin probarla. Esa mañana decidieron que irían a buscar el árbol de la comida y que lo tirarían al suelo para que toda la gente tuviera alimento. Al atardecer llegó Mono de Noche y fue en busca de Paca, que estaba sentado junto al fuego, para quejarse de que le hubiera seguido y le hubiera robado la piña. Paca le dijo que no era justo que él comiera solo a pesar de saber que los otros andaban siempre hambrientos. Los dos estaban furiosos y cada uno cogió un tizón en la mano. Paca le quemó el cuello a Mono de noche y él le quemó las mejillas a Paca. Por eso, los pacas tienen esos huequitos en las mejillas.

Después de la pelea, Mono de Noche dijo que él había encontrado el árbol y que por eso le pertenecía, pero estuvo de acuerdo en ir con los otros y ayudarles a tumbar el Kaliawiri.

Mucho antes de llegar sintieron el olor de la comida y, cuando estuvieron al pie del tronco, comieron las sobras de Mono de Noche, que estaban esparcidas por el suelo. Algunos treparon por la liana del veneno para pescar y por ahí fueron bajando los racimos de plátanos, las piñas y las yucas.

Cuando todos comieron y tuvieron fuerzas de nuevo, cogieron las hachas y comenzaron a darle golpes al tronco. Tenía madera de floramarillo, de bototo y de palo del Brasil, y era tan fuerte que las hachas se partían y los cortes del tronco parecían cerrarse cuando el filo salía de las hendiduras. Fueron a buscar más hachas para quebrar el tronco, pasaron día y noche rajando y rajando y se turnaron las horas de sueño para que siempre hubiera hombres talando y talando.

De pronto, las maderas empezaron a crujir, pero el árbol no caía. Entonces se dieron cuenta de que la liana del veneno no colgaba de las ramas, sino del cielo y era la que mantenía al árbol en pie. La ardilla y el pájaro arrendajo treparon por la liana para romperla, pero vieron que no era solo una, sino muchas lianas juntas que colgaban del cielo y sostenían a Kaliawiri. Pasaron días y noches dando dentelladas y picotazos, mientras la gente de abajo seguía dando golpes de hacha en el tronco.

Por fin el árbol empezó a mecerse. La ardilla gritó desde arriba, cuando sólo faltaba una liana por romper, para que los de abajo se apartaran y no quedaran aplastados bajo el peso del gigante. Cuando por fin cayó, el firmamento subió a las alturas porque ya no tenía las ramas del Kaliawiri enredadas en las nubes. La ardilla salió disparada tan lejos que se dio un golpe mortal y allí donde cayó se convirtió en la piedra de Uniato.

La gente se acercó a las ramas caídas a recoger los frutos. El morrocoy cogió el ají, vino el tapir y pisoteó las calabazas, las mujeres hacían montones de comida y los hombres comenzaron a robarse unos a otros. Fueron muchos los que vinieron a vivir al lado del árbol caído y nunca les faltó alimento. Otros aprendieron a sacar esquejes de yuca para sembrar en lugares apartados y a plantar las semillas de las frutas para que crecieran árboles nuevos.

Así fue como la gente consiguió el alimento, hace ya muchísimo tiempo, antes de que vinieran las aguas, desbordaran los ríos, anegaran las sementeras y ahogaran a casi todos los hombres.

Sólo quedaron unos pocos, los que lograron subir a lomita de Sibó. Allí, en la punta, se amontonaron como hormigas. Ellos fueron los antepasados de la gente de ahora, porque cuando el agua empezó a bajar de nuevo y el suelo por fin se secó, sólo quedaban ellos: los hombres de Sibó. Después bajaron de la loma, caminaron por la tierra y poblaron de nuevo el mundo.

Los hombres de la loma de Sibó enseñaron a sus hijos a sembrar la tierra porque mucho antes habían aprendido a sacar los esquejes de las yucas que cayeron del árbol de Kaliawiri.

Frutos de la tierra

Dos de los alimentos más populares del mundo —las patatas y el chocolate— provienen del sur de América y América central.

Las patatas, que se cultivaban en los valles de los Andes, eran un alimento fundamental para los habitantes del imperio inca. La patata se introdujo en España e Inglaterra a mediados del siglo XVI.

A pesar de no ser un alimento básico o materia prima, el chocolate es una sustancia de la que no pueden dejar de depender muchísimas personas. Obtenido a partir de las semillas del árbol del cacao, fue uno de los productos más cultivados en toda Centroamérica. Los mayas del periodo clásico estaban muy familiarizados con el chocolate. Fue uno de los productos favoritos de los nativos ricos, que preparaban bebida de chocolate rallando las semillas del cacao hasta convertirlas en polvo. Luego, las mezclaban con agua y especies.

Las semillas del cacao también se utilizaban como moneda: los mayas del Yucatán comerciaron con ellas hasta finales del siglo XIX. El conquistador Hernán Cortés importó semillas de cacao a España en 1528.

Una de las plantas alimenticias más antiguas de América Central es el choclo, el maíz. Se sabe que el maíz se comenzó a cultivar en el sur de México en el año 3500 a. C. Preparado de muy diferentes formas, fue el ingrediente principal en la dieta de los mayas y de los incas. Los mayas hacían tortitas de maíz planas, actualmente denominadas *tortillas*. También elaboraban un brebaje alcohólico a base de maíz denominado *balche*, al que le añadían miel y especies. Entre los aztecas, llamaban a dichas tortitas de maíz *tlaxcalli* y las utilizaban para rellenarlas con otros alimentos o enrollarlas con carne y verduras para hacer los famosos tacos.

El cultivo del maíz se extendió por el sur y fue de gran importancia para la población inca, que lo utilizaba para cocinar y para hacer chicha, la cerveza de maíz que hoy en día se vierte en la tierra como símbolo de liberación en la época de sembrado y cultivo, especialmente en las ceremonias y rituales de la tierras altas del Perú.

También se cultivaban pimientos picantes, judías, aguacates, batata y calabaza. Los incas sembraban una raíz comestible denominada oca y, al igual que los aztecas, apreciaban ciertos granos pertenecientes a una planta de la familia amaranthus. Estos alimentos se empleaban tanto para consumo diario como para ceremonias y actos religiosos (motivo por el cual el Vaticano prohibió su cultivo).

Los tomates, nativos de América del Sur, fueron otros de los vegetales, o más bien frutas, descubiertas en México por los conquistadores, introduciéndolos éstos últimos en España a mediados del siglo XVI.

54

Panki y el guerrero
Leyenda aguaruna*

En tiempos remotos, en las profundidades de la laguna negra de orillas silenciosas y sombrías, donde el agua no entra ni sale, vivía una panki, una enorme boa de agua que vigilaba el paisaje con sus ojos negros y brillantes que llenaban de terror a quien los miraba. Los aguarunas buscaban muchas maneras de enfrentarse a la panki, pero ésta era tan inmensa que cuando asomaba la cabeza sobre el perfil del agua y agitaba las aguas como si fueran un río tormentoso, los hombres huían despavoridos.

Los guerreros más valientes le tiraron lanzas, arpones y virotes envenenados con curare. Pero la piel brillante de la panki era fuerte como la madera y las lanzas caían de su cuerpo como si fueran espinas diminutas, sin clavarse ni hacerle ningún daño. Cuando la panki salía del agua arrasaba con animales y plantas y con las casas de los hombres que encontraba a su paso.

En una aldea levantada cerca del lago vivía un guerrero llamado Yacuma. Era valiente, fuerte y diestro en el manejo de las armas; ni hombres ni animales lo habían vencido jamás. Para enfrentarse a la terrible boa, Yacuma se fabricó una extraña armadura hecha con ollas de barro cocido con ceniza de árbol para que fuera muy fuerte. En una de las ollas metió la

---

* Los aguarunas son una familia de pueblos aborígenes que habitan la región del río Amazonas, en especial los territorios del Perú.

cabeza y parte del cuerpo, y en otras, más pequeñas, introdujo los brazos. Llevando un cuchillo en la mano, se metió en el agua. La serpiente, que lo había visto acercarse, abrió sus enormes fauces y lo engulló.

Protegido como iba, con su armadura de barro, Yacuma llegó ileso hasta el corazón de la panki, se sacó las ollas que le cubrían el cuerpo y comenzó a dar tajos profundos con su cuchillo en el corazón de la serpiente. Era un corazón tan grande como un maguaré.

La boa se retorcía de dolor y daba coletazos tremendos en un agua que parecía hervir con el calor de su rabia. Pero poco a poco la bestia fue cediendo, la sangre dejó de correr por su cuerpo. Entonces, Yacuma supo que por fin estaba muerta. Le abrió una raja en medio de dos costillas por donde salió de nuevo al agua y se fue nadando hasta la orilla. Pero cuando Yacuma salió, ya el agua se había contaminado con el veneno de la panki. Sus efectos fueron mortales en el cuerpo del guerrero: se le rajó la carne y murió desangrado.

Así fue como murieron la más feroz de las pankis que los hombres hayan visto y el más valiente de los guerreros que alguna vez existieron. Desde entonces, las aguas negras de la laguna sombría no atemorizan a los aguaruna, que saben que nunca habrá una serpiente como aquella, ni un guerrero como el que supo darle muerte.

Leyendas de la Conquista

55

El tesoro del valle florido

Leyenda de Guatemala

La guerra por fin había terminado. El guardián del templo lo supo porque desde la punta de la torre más alta vio ascender una nube hecha jirones desde la superficie del lago y enredarse en la boca del volcán. La montaña de fuego era el oráculo que anunciaba los tiempos de guerra, cuando la cumbre aparecía recortada sobre un cielo azul transparente, y los tiempos de paz, cuando las nubes blancas envolvían y ocultaban la enriscada cima.

Los heraldos habían llevado la buena nueva a lo largo y ancho del valle. Por eso, el lago parecía un cielo lleno de estrellas que se movían en todas direcciones. Las barcas de los comerciantes iban cargadas de frutas, plantas aromáticas, perlas, esmeraldas, loros y guacamayos. Otras barcas llevaban músicos que tocaban flautas, tambores y atabales adornados con plumas y con flores. Las hijas de los hombres nobles habían vestido con sus mejores galas y navegaban también en canoas luminosas por el medio del lago.

La gente, de tanto en tanto, se acordaba del vigía que estaba siempre atento mirando hacia arriba, con los ojos clavados en el cielo, alrededor del cráter del volcán. Pero su rostro relajado y alegre, y el manto de nubes que tapaban la cumbre les devolvían la paz al corazón y todo era alegría en medio de la fiesta.

El cortejo de guerreros triunfantes desfilaba también por el lago. Las madres, emocionadas, reconocían los rostros de sus hijos y las jóvenes adivinaban los gestos de sus amantes. Mientras tanto, los guerreros pasaban delante, llevaban plumas de colores adornando las cabezas y una mirada orgullosa aparecía en sus ojos. Cuando el cacique llegó en su barca, cubierto con su manto de bordados de oro, los prisioneros de guerra fueron ejecutados por las lanzas de los vencedores. Lo hacían al ritmo de la música que sonaba en honor al monarca.

Pero, de repente, el cielo se limpió de nubes. La voz de alarma del vigía cambió las risas por gritos de angustia. Carreras desordenadas en todas direcciones, hombres y mujeres remando desesperados hacia la orilla ante el presagio de la batalla.

Eran las tropas de los hombres blancos que avanzaban decididos sobre la ciudad, dispuestos a atacar, a eliminar todo lo que intentara detenerles el paso. Las gentes del lago se dividieron: unos cogieron en sus manos partes del tesoro y corrieron cuesta arriba para esconderlo en las laderas del volcán y otros, los más fieros, se quedaron para hacer frente al enemigo. El ejército de los hombres blancos siguió a los que corrían monte arriba y los fueron derribando con sus disparos desde la orilla. Un reguero de hombres muertos, de figuras de oro, de ópalos, de rubíes y de esmeraldas quedó desparramado a los pies de los conquistadores.

Pero cuando los invasores se precipitaron para cobrar el valioso botín, el volcán, furioso, dejó escapar un rugido que los llenó de espanto. Y antes de que pudieran echar a correr para ponerse a salvo, por las laderas bajaron ríos de lava encendida que cubrieron el valle y los tesoros que había esparcidos por el suelo. Mientras huían, los blancos escuchaban llenos de espanto y de temor la voz estruendosa del gigante de lava que los perseguía para castigar la osadía de robar el tesoro del valle florido.

56

CAMÍN Y COSCO-INA*

Leyenda inca

En la ciudad de Cosquín desde hacía tiempo se oían rumores de la llegada de unos hombres extraños que venían de muy lejos, más allá del mar. Decían que llevaban pelo en la cara y ropas de metal, que eran guerreros feroces y se apoderaban de todo lo que encontraban a su paso. Durante nueve años los hombres de Cosquín montaron guardia en torno a la ciudad para protegerla de los extraños. Hasta que un día finalmente llegaron los conquistadores.

Las gentes de Cosquín, pacíficas por naturaleza, pronto fueron sometidas y tuvieron que soportar los abusos a las mujeres, los malos tratos a hombres, ancianos y niños, y el robo de todas sus pertenencias. Poco a poco veían destruido todo lo que amaban.

Camín era el jefe de la ciudad. Lo había sido hasta la llegada de los conquistadores y no se resignaba a ver el poblado sometido al dominio de los hombres blancos. Los nativos no entendían de armas ni de guerras, pero la paciencia de Camín terminó cuando el comandante de los de los hombres blancos empezó a asediar a Cosco-Ina, la hermosa mujer de Camín. El acoso fue más fuerte cada día y Camín no pudo soportarlo. Se enfrentó con el conquistador y lo mató.

---

* Cosquín es la capital de la provincia de Punilla, en Argentina. Se encuentra a orillas del río del mismo nombre.

Los hombres del comandante blanco, dispuestos a matar a Camín, lo persiguieron por las montañas hasta acorralarlo en un peñasco en el cerro de Supaj Ñuñu. Camín se defendió arrojando piedras durante horas, pero la lucha era desigual y, finalmente, el indígena se vio atrapado entre los perseguidores y un abismo que se abría a sus espaldas. No tuvo que pensarlo. La decisión ya estaba tomada de antemano, Camín abrió los brazos como si fuera un cóndor y saltó al vacío, porque era mejor morir volando en el viento, como un pájaro, que morir a manos de los invasores.

Cosco-Ina, que venía detrás de los conquistadores, no vio lo que había pasado, pero notó que todos quedaban en silencio. Oyó un golpe seco contra el barranco y corrió tan veloz como pudo con la esperanza de hallar aún con vida a su amado Camín. Pero el risco era muy empinado y no podía encontrar el cuerpo de su hombre.

Cosco-Ina anduvo buscándolo por caminos pedregosos y empinados. Pasó días y días en las cimas del monte, esperando alguna señal de vida, gritando el nombre de Camín con toda la fuerza de su voz. Pero la única respuesta que tuvo fue el rumor del viento y el ruido del agua que corría allá abajo, en el río.

Una tarde, vio una bandada de buitres que volaban, cada vez más bajo, alrededor de un punto fijo en el cañón del río. Era una mala señal y Cosco-Ina, con el alma encogida, supo que no volvería a ver con vida a su querido Camín. Triste, decidió trepar al pico más alto del monte. Una vez allí, extendió los brazos y se lanzó al vacío para morir igual que su amado. Tenía la esperanza de reunirse con él y mientras caía repetía a gritos el nombre de Camín.

57

La Garita del Diablo

Leyenda de Puerto Rico

Para no dormirse, los soldados que hacían guardia durante la noche se iban gritando unos a otros desde lejos:

—¡Centinela, alerta! —decía el primero.

—¡Alerta está! —respondía el soldado de la garita más próxima. Y así el grito de los soldados iba recorriendo la muralla, de garita en garita, de hora en hora, para que no los venciera el sueño.

En la última garita, haciendo guardia cada noche en el fuerte y oyendo las olas reventar sobre la roca, se encontraba Sánchez, un soldado español que vino de Andalucía algún tiempo después de la conquista de la Isla de Puerto Rico, cuando San Juan ya estaba rodeada de murallas y castillos. Para defender la isla de los ataques de los piratas, el batallón de Sánchez vigilaba la parte de la muralla que daba al mar. La garita del soldado Sánchez era la más apartada y se asomaba solitaria sobre el acantilado donde las olas no se cansaban nunca de azotar las piedras.

Una noche, mientras se distraía mirando los golpes del agua en la roca, el soldado Sánchez vio a una indígena que se paseaba por el acantilado. La vio caminar por el borde de la roca desafiando el equilibrio. Quiso gritarle que tuviera cuidado, que la roca era muy alta, pero antes de que pudiera hacerlo, ella se dio la vuelta y miró hacia arriba, a la garita. Los ojos negros de la india se clavaron como dardos en los ojos del soldado. Era tan hermosa que el guardián se quedó sin palabras y no pudo más que mirarla en silencio.

—¿Cómo te llamas? —gritó ella desde abajo.

—Sánchez —le respondió el soldado.

—Ése no puede ser tu nombre, debes de llamarte Flor de Azahar porque tu piel brilla con la luz de la Luna igual que las flores blancas de los naranjos.

Después, la mujer le dio la espalda y desapareció por el camino que lleva al mar.

Desde entonces, cada noche, Flor de Azahar esperaba ver a la india de ojos negros caminando por el filo de la roca. Ella hacía un alto en el camino, siempre en el mismo sitio, se daba la vuelta y lo miraba. Se les iban las horas conversando en silencio gracias a sus miradas. Porque los ojos saben hablar de amor mucho más que las palabras.

Los hombres del regimiento no sabían nada. Era de agradecer que el soldado Sánchez estuviera siempre dispuesto a vigilar la garita apartada en el borde del acantilado, donde nadie más se atrevía a pasar la noche. Y por no tentar a la suerte, no le hacían preguntas, solo repetían, hora tras hora, el grito de alerta que se iba encadenando de garita en garita hasta darle la vuelta a la muralla.

Pero una noche la cadena se rompió. El grito de alerta no tuvo respuesta en la voz de Sánchez. Los otros esperaron un rato, pensaron que quizás se había quedado dormido y repitieron el llamado. Pero Sánchez nunca respondió. Se fueron avisando unos a otros y al cabo de unos minutos estuvieron todos juntos y así fueron a ver lo que pasaba.

En la garita desierta encontraron sus armas y el uniforme de militar. Del soldado no se sabía nada: había desaparecido sin dejar otro rastro. Nadie se explicaba a dónde podía haber ido Sánchez, desnudo y sin armas en medio de la noche.

Lo buscaron sin descanso, pero nunca lo encontraron. Pensaron que el diablo se lo había llevado y desde entonces llamaron La Garita del Diablo al lugar donde desapareció el vigía.

Sin embargo, hay quien dice que a Flor de Azahar no se lo llevó el diablo. Esa noche sin luna en la que desapareció, unos niños vieron a una india caminar por el precipicio de la roca. También se rumorea que cuando los ojos de la india se encontraron de nuevo con los ojos de Sánchez, ella no pudo seguir reprimiendo el deseo de ir a buscarlo y trepó por las piedras de la muralla hasta alcanzar la garita. Y que la primera vez que se tocaron sus cuerpos quedaron fundidos en un abrazo que jamás terminó. Que huyeron juntos y que juntos vivieron desde entonces porque pasar la vida separados era para ellos como estar muertos.

58

La Malinche*

Leyenda de México

En Painalla, cerca de Coatzacualco, nació Malintzin, hija del cacique. Su crianza y su educación fueron acordes con su rango de princesa, pero cuando aún era niña su padre murió. A la muerte del cacique, la madre de Malintzin se volvió a casar y, al poco tiempo, ella y su nuevo esposo tuvieron un hijo varón. Entonces, la princesa se convirtió en un estorbo para el padrastro, que deseaba que su hijo fuera el heredero del rango y de los bienes que le correspondían al primogénito. Malintzin fue vendida, con el consentimiento de su madre, a las gentes de Tabasco y dada por muerta. La princesa se convirtió en esclava.

Con la gente de Tabasco aprendió varios dialectos locales, el idioma de los mayas y cultivó el náhuatl, que era su lengua materna. Cuando todavía era muy joven, después de haber sido esclava durante diez años, fue regalada junto a otras veinte muchachas como ofrenda a los conquistadores que habían derrotado a los pobladores de Tabasco. Cortés entregó una muchacha a cada uno de sus capitanes. Pero se encaprichó con la Malinche porque era hermosa, inteligente y descarada.

---

* En la historia de la Malinche se mezclan la realidad y la fantasía. Su imagen evoca el amor hacia los opresores, los esfuerzos para evitar la muerte de los suyos y la condición de ser la forjadora de la raza mestiza. Su historia la convierte en una mujer condenada a tener el corazón partido entre dos mundos.

Un día, Cortés tuvo grandes dificultades para comunicarse con una tribu de un área de la que nadie conocía el lenguaje y se enojó mucho. Malintzin, que estaba a su lado, se ofreció a colaborar y demostró gran habilidad no sólo para comunicarse, sino para llevar a buen término la negociación. Así, dejó de ser una esclava indígena y se convirtió en una importante aliada y consejera del conquistador, y poco tiempo después ella misma serviría de intérprete entre Cortés y Moctezuma.

Pero Malintzin no era tan sólo una traductora. Pronto se enamoró de Hernán Cortes y él le correspondió convirtiéndola en su compañera. Por la influencia que ejercía sobre Cortés logró evitar la muerte de muchos nativos, que negociaron con los conquistadores antes de enfrentarse a la batalla en inferioridad de condiciones.

Del amor entre Cortés y Malintzin nació un hijo, el primer mestizo que entró en la historia, Martín Cortés. Fue comendador de una orden religiosa. Posteriormente, se le acusó de conspirar contra el virrey y fue torturado y ejecutado.

Mientras Malintzin estaba junto a Cortés, éste mató a Moctezuma y esclavizó a los aztecas para que trabajaran en las minas. Era tanta la devoción de Malintzin por Cortés, que incluso lo consideraba como un dios y le ayudaba en todo lo necesario, a pesar de saber que contribuía a la destrucción de su propio pueblo.

En una carta conservada en archivos españoles, Cortés dice que, después de Dios, la conquista de Nueva España se debe a doña Marina (Malintzin).

Ella participó en múltiples negociaciones para ganar aliados a los ejércitos de la conquista y fue así cómo los caciques de Cempola llegaron a combatir junto a los españoles. Miles de guerreros de otros pueblos que en principio ofrecieron resistencia a Cortés se aliaron también con él. Era evidente que gracias a la ayuda de Malintzin, Cortés estaba superando rápidamente todos los obstáculos que encontraba en su camino y que gracias a ella pudo llegar triunfal hasta la capital del Imperio azteca.

Cuando la conquista estuvo forjada, Cortés se estableció en México y mandó traer a su familia. Malintzin fue desplazada por la mujer española del conquistador y éste la obligó a casarse con Juan Xamarrillo, uno de sus oficiales. Marina se negó a creer que su amado la había usado para una ganancia personal, su corazón estaba roto y no quiso vivir con el oficial. Pasó los días que le quedaron de vida llorando y buscando a Cortés cerca del lago. Murió sola, a los veinticuatro años de edad.

Nunca renunció a la esperanza de que su amado la necesitara otra vez.

59

El regreso de Quetzalcóatl*

Leyenda azteca

El hombre que venía de la tierra de los muertos dijo a Moctezuma que allá en Cuetlaxtlán, a orillas del mar, había visto cosas muy extrañas moverse entre las olas. Eran como grandes colinas blancas, como dos pirámides gemelas que flotaban y se movían de un lado a otro sobre el agua. Moctezuma lo hizo encarcelar y después llamó al jefe de sus guardianes para que fuera allí, a la costa, viera con sus propios ojos lo que estaba pasando y volviera para contarlo.

Tlillancalqui partió enseguida llevando consigo a Lomos Ceñidos, su esclavo de confianza. Treparon por las ramas de un árbol frondoso y, escondidos, vieron desde la playa las montañas blancas que se movían en el agua. No muy lejos había una barca pequeña donde unos hombres desconocidos tiraban al agua redes y anzuelos. Los emisarios se quedaron mirando a los extraños pescadores. Cuando la barca estuvo llena de peces, la condujeron hacia las pirámides blancas y se metieron en ellas.

Moctezuma escuchó el relato con ojos cada vez más asombrados mientras sus emisarios le explicaban que los hombres de la barca pequeña ves-

---

*Moctezuma fue el último emperador del pueblo azteca. En tiempos de su gobierno llegaron los conquistadores, a quienes Moctezuma entregó el imperio sin oponer resistencia. Trató a los españoles como a dioses, les ofrendó joyas, alimentos y tierras. Estaba convencido de que Cortés era Quetzalcóatl, el dios del viento, que volvía después de una larga ausencia a recuperar un imperio que nunca había dejado de ser suyo.

tían de colores extraños y llevaban unos brillantes cazos de comida en la cabeza para protegerse del sol. Tenían la piel muy blanca, el pelo les cubría sólo hasta las orejas y sus caras estaban pobladas de barbas.

Cuando terminaron de contarle lo que habían visto, el Emperador se quedó sin palabras, inclinó la cabeza y permaneció inmóvil durante mucho rato reflexionando sobre lo que había escuchado. Después ordenó a Tlillancalqui que fuera a liberar al hombre venido de la tierra de los muertos.

Cuando el jefe de guardianes del emperador llegó a la celda del prisionero la encontró vacía y corrió a avisar a Moctezuma. Pero el cacique no se sorprendió. Entendió la desaparición del prisionero como un presagio más del acontecimiento que ya presentía.

Después dijo a Tlillancalqui que se fuera en busca de los mejores talladores de jade, de los más delicados orfebres, de los más expertos trabajadores de plumas, que los trajera a su palacio en el más absoluto secreto y que si explicaba a alguien la misión encomendada sería castigado con la pena de muerte, sus esposas y sus hijos serían asesinados, sus bienes arrebatados y sus casas derribadas.

Cuando los artesanos se presentaron a Moctezuma, el emperador les explicó su labor. Debían fabricar gruesas cadenas de oro, con colgantes y medallas, pulseras, pendientes y clavijas para los labios. Las joyas debían estar adornadas con incrustaciones de jade y plumas de colores. Y el trabajo debía hacerse lo más rápido posible y en total reserva. Después hizo a los joyeros la misma advertencia que antes había hecho a su guardián: si daban a conocer a alguien el secreto de su misión, serían ejecutados junto con sus esposas y sus hijos, y perderían todos sus bienes.

Cuando el trabajo estuvo terminado, Moctezuma llamó de nuevo a Tlillancalqui. Le ordenó que buscara mantos gruesos de colores, mantos finos, camisas y faldas de algodón, maíz, chile y frijoles. Que lo juntara todo con las joyas que los artesanos habían fabricado y se lo llevara a los hombres que venían desde el mar.

—Ha llegado aquel al que hemos estado esperando desde que partió en busca de la casa del alba. Ha venido a cumplir su promesa de que volvería a gobernar la cuidad de Tula. Antes de partir entregó su tesoro a las serpientes, que lo enterraron en barrancos y cañones. Son el oro y las piedras que encontramos hoy en las montañas. Todas las joyas del mundo fueron su tesoro. Quetzalcóatl ha vuelto de la casa del alba para gozar de lo que es suyo. A él devolveré mi trono prestado porque a él le pertenece.

Moctezuma dijo también a Tlillancalqui que fuera acompañado de Lomos Ceñidos y que entre los dos llevaran tortillas y tamales, verduras cocidas, codornices y gamo asado.

—Si come el alimento que le llevas sabrás que es Quetzalcóatl; si no lo come, sabrás que no lo es. Y si le gusta la carne humana y te comiera, no debes alarmarte, yo mismo cuidaré de tus mujeres, tus hijos y tus pertenencias. Si ha llegado el verdadero dios del viento adórnale y pídele que me deje morir. Dile que cuando yo muera podrá venir a ocupar el trono que le he estado guardando.

Cuando los portadores de las ofrendas de Moctezuma llegaron a Cuetlaxtlán se quedaron esperando en la playa, delante de las pirámides blancas hasta el amanecer. Cuatro hombres blancos salieron de ellas y vinieron a la orilla. Hablaron en una lengua extraña, pero Tlillancalqui y Lomos Ceñidos les hicieron señales para indicarles que querían ver a su señor y entregarle las ofrendas que le traían. Cargaron la barca de los extraños pescadores con los regalos de Moctezuma y se dirigieron con ellos hacia las pirámides flotantes.

Salió a recibirlos el capitán de los blancos y con él una mujer azteca a la que llamaban Malintzin, que además del náhuatl hablaba también la lengua de los extraños.

Tlillancalqui y Lomos Ceñidos explicaron a Malintzin que venían de Tenochtitlán a entregar todas aquellas ofrendas al gran señor por orden del emperador Moctezuma. Los conquistadores aceptaron los regalos del emperador, recibieron sus joyas con entusiasmo y comieron los alimentos que les habían preparado. Después, Malintzin dijo a los mensajeros que volvieran a Tenochtitlán, y que dijeran a Moctezuma que al cabo de ocho días su señor iría a verle.

Cuando los conquistadores españoles llegaron a Tenochtitlán, encontraron la ciudad adornada con flores para recibirlos. Los esperaban con bandejas de maíz, flores de cacao y tabaco amarillo. Les pusieron collares y guirnaldas y les dieron la bienvenida. Moctezuma estaba vestido con sus mejores galas. Cuando Cortés llegó hasta él, el emperador azteca se levantó y le hizo una reverencia.

—He cuidado de tus cosas mientras estuviste fuera. Pero estás aquí de nuevo. Si te vieran aquellos gobernantes que ocuparon tu trono antes que yo estarían maravillados de ver lo que a mí me está pasando. Porque esto no es un sueño. Ellos decían que regresarías a tu ciudad, a tu trono. Te veo delante de mí y sé que has vuelto. Te he visto salir de entre la niebla y las nubes. Debes de estar cansado. Ve a tu palacio y descansa. Nuestros dioses son bienvenidos.

60

Juan Diego y la Virgen de Guadalupe*
Leyenda de México

No muy lejos, en Cuauhtitlán, vivía Juan Diego, un campesino pobre que, pasando junto al cerro de Tepeyacac, cada día recorría un largo camino hasta la ciudad de Tlatelolco. En Cuauhtitlán, donde Juan Diego vivía, no había iglesia y los mexicanos debían recibir instrucción religiosa cada día. Así que Juan Diego conocía el camino de Tlatelolco como la palma de su mano.

Un día de diciembre, Juan Diego emprendió camino antes del amanecer. Estaba despuntando el alba cuando pasó cerca del cerro y escuchó un ruido parecido al de los pájaros que venía de la cima. Las montañas devolvían el eco del canto de los pájaros y una música maravillosa llenaba el paisaje. Juan Diego pensó que estaba soñando, que caminaba dormido en el suelo florido del cielo del que tanto hablaban sus antepasados.

La música se fue haciendo más suave y, cuando casi no se escuchaba, Juan Diego oyó una voz que le llamaba por su nombre. Confundido y alegre a la vez, trepó por la ladera de la colina. Cuando alcanzó la cima vio cómo un gran resplandor rodeaba a una mujer bellísima que llevaba un vestido largo y brillante como el Sol. Él se inclinó ante la maravillosa apa-

---

* Después de la conquista, en México se construyeron iglesias en casi todas las poblaciones conquistadas. En poco tiempo, las imágenes del cristianismo occidental poblaron el espacio religioso mexicano y fueron asimiladas por los nuevos cristianos americanos. La virgen de Guadalupe es hoy en día la imagen más venerada de la cultura religiosa mexicana.

rición y ella le llamó de nuevo por su nombre. Le preguntó a dónde se dirigía y Juan Diego le contó que ese día, como todos, iba camino de Tlatelolco para escuchar la palabra de Dios de boca de los sacerdotes. Entonces la mujer que irradiaba luz le pidió que escuchara con atención.

Le dijo que era la Virgen María, la madre de Dios. Y que su deseo era que, en ese lugar, en la llanura que se extiende a los pies de la colina del cerro del Tepeyacac se construyera una iglesia para que allí pudiera dar amor y protección a todos los hombres.

—Has de ir a buscar al obispo de México. Dile que yo misma te envío. Que mi iglesia debe ser construida bajo esta colina.

Al llegar a México, Juan Diego fue directamente al palacio del obispo, Don Fray de Zumárraga, y pidió que le dejaran entrar. Pero el obispo no dio crédito a su relato y le dijo que volviera en otra ocasión, que otro día, con más tiempo, le escucharía de nuevo. Juan Diego volvió a casa entristecido y, cuando pasaba al lado de la colina, la Virgen lo estaba esperando. Juan Diego le explicó lo que había sucedido, le dijo que por la forma en que el obispo le había hablado sabía que no se había tomado en serio sus palabras. Le pidió a la Virgen que enviara a un emisario noble del que no se pudiera dudar y no a un pobre campesino al que nadie creía.

—Muchos podrían ser mis emisarios. Pero te he elegido a ti. Tú llevarás mi mensaje y a través de ti se cumplirá mi orden. Vuelve a ver al obispo y dile que te manda la Virgen María.

El domingo, cuando terminó la misa, Juan Diego fue de nuevo con el obispo. El sacerdote le dijo que no bastaba con sus palabras. Debía traer una prueba para que pudiera creerle. Juan Diego salió contento, seguro de que la Virgen le daría el signo que demostrara la verdad de lo que decía. Cuando se despidió, el obispo mandó unos hombres para que lo siguieran y comprobaran si mentía o si lo que decía era cierto. Los hombres del obispo perdieron su rastro antes de llegar a la colina de Tepeyacac y al volver dijeron al obispo que el indio era un mentiroso y que lo cogerían preso la próxima vez que le vieran para que no volviera a molestar.

Esa noche, al llegar a casa, Juan Diego encontró que su tío, Juan Bernardino había caído enfermo de peste y que se estaba muriendo. Al día siguiente, salió muy temprano hacia Tlatelolco a buscar un sacerdote para que su tío pudiera morir confesado. Al pasar por el pie de la colina dio un rodeo para evitar el encuentro con la Virgen, pero ella lo estaba esperando.

—No tengas miedo de la peste —le dijo—. Estás en mi regazo, bajo mi poder y tu tío ya está curado.

Juan Diego se alegró al oír las palabras de la Virgen y le dijo que el obispo le pedía una prueba para dar crédito a sus palabras. Entonces la Virgen le indicó que subiera a la colina, que cortara las flores que encontraría en la cima y se las llevara. Al llegar a la cumbre, Juan Diego encontró un campo de rosas españolas tiernas, florecidas en medio de las heladas de diciembre. Las cortó y las llevó envueltas en su tilma. Cuando volvió con las flores, la Virgen las tomó en sus brazos y luego las dejó de nuevo en la tilma.

—Estas flores serán tu signo. Llévalas y dile al obispo que mi iglesia debe ser construida.

Otra vez ante el palacio, los hombres del obispo le negaron el paso. Le preguntaron que llevaba escondido en la tilma y cuando quisieron tocar las flores, éstas se convirtieron en un bordado sobre la superficie de la tilma. Fueron corriendo hacia el obispo, a contarle lo que habían visto y él comprendió que su signo había llegado.

Hicieron entrar a Juan Diego, que se inclinó al ver al obispo, y cuando lo hizo, las rosas que llevaba cayeron y se esparcieron por el suelo. En la superficie de la tilma abierta estaba la imagen de la Virgen tal como se la ve hoy en la iglesia de Guadalupe en el Tepeyacac.

—Enséñame ahora dónde quiere su iglesia la Señora del Cielo —dijo el obispo a Juan Diego.

El hombre se lo dijo y también pidió permiso para ir a ver a su tío enfermo. Pero no dejaron que fuese solo. Al entrar en casa, el tío Juan Bernardino estaba curado. Poco después se construyó la iglesia de Guadalupe, donde fue llevada la imagen de la Virgen. De todos lados vino la gente a venerarla. Todo el mundo supo, al verla, que no podía haber sido pintada por manos humanas, que la imagen de la Virgen de Guadalupe era el signo de un prodigioso milagro.

61

Sotomayor y Guanina

*Leyenda taína**

Las cosas habían cambiado mucho en la isla de Borinquén. Cuando llegaron los españoles, los taínos los trataron como a amigos, les dieron la bienvenida y celebraron con ellos la ceremonia de la fraternidad en la que el cacique y el comandante de los conquistadores intercambiaron sus nombres. Era un pacto que debería sellar una amistad eterna entre ellos. Don Cristóbal de Sotomayor era el alcalde de un pueblo que él mismo había fundado y al que había bautizado con su nombre. Aygüebaná, además de cacique, era el jefe de todos los guerreros de la isla.

Durante el tiempo en que los taínos y los conquistadores fueron amigos, Guanina, hermana de Aygüebaná conoció a Sotomayor y se enamoraron sin que nadie lo supiera. Pero las cosas entre los indios y los españoles empezaron a cambiar cuando los extranjeros se apropiaron de la isla, se apoderaron de las riquezas, tomaron a los indios como siervos y se los repartieron entre ellos. Nadie estaba contento. En el aire se respiraba un malestar que flotaba sobre toda la isla y las tensiones entre unos y otros parecían siempre a punto de estallar.

Las cosas empeoraron cuando un jefe taíno fue en busca de Guanina para ofrecerle su amor. Guanina no podía aceptarlo porque, a pesar de todo lo que pasaba en la isla, seguía amando a Sotomayor. Eso fue lo que dijo a

---

* Los taínos son indios de origen puertorriqueño.

Guarionex, el taíno que la pretendía. Desde entonces, el odio de Guarionex hacia los españoles se fue haciendo cada vez mayor y siempre que veía a Sotomayor le lanzaba amenazas de muerte.

—Uno de los dos debe morir, Sotomayor. Tú no mereces vivir porque me has robado el amor de Guanina y yo no quiero seguir viviendo si no es a su lado.

Iban pasando los días y la paciencia de los nativos de Borinquén estaba tocando su límite. Desesperados de los malos tratos debido a la explotación de sus yacimientos de oro y a la manera en que veían desaparecer, poco a poco, su libertad, su espacio y sus riquezas, decidieron celebrar una reunión para tomar decisiones sobre lo que debían hacer. Esa noche Aygüebaná y los taínos optaron por ir a la guerra. A cada jefe indio le fue asignado un poblado español que debía atacar y vencer. Guarionex, por supuesto, eligió el poblado del que consideraba su peor enemigo: Don Cristóbal de Sotomayor.

Pero el día en que estaba previsto el ataque a su pueblo, Sotomayor había ido al bohío de Aygüebaná para hablar con él. Al verlo llegar, Guanina lo puso sobre aviso, le advirtió de que los indios planeaban un ataque y que Guarionex no pensaba más que en matarlo. Entonces Sotomayor decidió partir de inmediato a La Villa de Caparra para ver al gobernador y explicarle lo que estaba pasando. Aygüebaná le ofreció unos hombres para que lo ayudaran a llevar la carga que traía, pero en secreto les dijo que cuando lo vieran venir, dejaran solo a Sotomayor y huyeran con sus pertenencias.

El conquistador partió acompañado de los hombres del cacique, sin saber lo que pretendían y sin darse cuenta de que Guanina, que temía por su vida, les seguía los pasos.

En un alto del camino, apareció Guarionex acompañado de un grupo de taínos dispuestos a matar al conquistador. Entonces, Guanina vio una flecha dirigida a su amado y, sin dudarlo, se interpuso en su camino. Así, recibió ella la herida mortal que tendría que haber acabado con la vida de Sotomayor. Cuando el conquistador quiso ir en auxilio de Guanina, Aygüebaná le salió al encuentro y con una lanza atravesó su pecho. Sotomayor murió enseguida en los brazos de su amada Guanina.

Cuando terminó el combate, los españoles recuperaron los cuerpos y los enterraron juntos a la sombra de una enorme ceiba. Dicen que en el lugar donde duermen Guanina y Sotomayor, cuando el viento agita las hojas, las almas de la pareja bailan de alegría por estar, al fin, unidas para siempre.

62

PEDRO CANDÍA, DIOS DE LOS INDIOS
Leyenda inca*

Pizarro había logrado llegar a la isla de Gorgona con trece conquistadores, que eran sus compañeros inseparables. Padecían hambre y sed, estaban completamente agotados, perdidos en un lugar desconocido y temerosos de los peligros que los acechaban. Cuando sus fuerzas, el agua y la comida estaban a punto de terminarse, decidieron marcharse de la isla y dirigirse a la playa del valle de Tumbez, que era la que se encontraba más próxima en el continente.

Aún lejos de la orilla, los hombres de Pizarro vieron en la playa un ejército de indios armados con lanzas y con flechas que los esperaba. Los conquistadores se amedrentaron y decidieron quedarse en el barco, a salvo del ataque de los indios.

Pasaron el día desalentados, pues no tenían comida ni agua y además sabían que no podían hacer nada para remediarlo, pues aunque estaban muy cerca de la playa, no tenían demasiadas posibilidades de sobrevivir porque temían perder la vida a manos de los nativos. Aquella noche, los trece caballeros de la fama, como los llamaba la gente, esperaron a que Pizarro se retirara a descansar y se reunieron para discutir lo que debían hacer. Desde lejos, el hidalgo escuchó la desesperanzada conversación y, a

---

* El imperio de los incas se estableció en lo que hoy es Perú, Bolivia y Ecuador.

la mañana siguiente, al rayar el alba, los animó a que desembarcaran en la playa.

Los hombres, después de escuchar a Pizarro, permanecieron en silencio. No querían pisar tierra firme, donde seguramente moririan a manos de los indios, y tampoco se decidían a volver a la isla donde ya no les quedaban esperanzas de vida. Entonces, uno de los trece tomó la palabra. Era Pedro Candía, un hombre listo y atrevido, que les propuso vencer a los indios con un arma que ellos no sabrían combatir. Dijo que la única manera era engañarlos, hacerles creer que eran seres de otro mundo y que él sólo, sin la compañía y el apoyo de los demás bajaría del barco, arriesgaría la vida por los otros, intentaría llegar hasta la orilla, y sobrevivir al encuentro con los indios.

—No hay nada que perder —dijo—. Si me matan ofreceréis vuestras oraciones por mí. Pero si vivo, todos podremos desembarcar en esta tierra que es nuestra esperanza.

Pizarro y los otros le dieron las gracias y elogiaron su coraje y su valor. Se ajustó al cuerpo la cota de malla y, con la espada al cinto, empuñó en una mano una cruz de madera y en la otra su escudo de plata, y caminó sobre la arena de la playa.

Su barba espesa y negra y su gran estatura lo hicieron ver como una extraña aparición a los ojos de los indios. Estos huyeron despavoridos entre gritos de espanto. Pedro Candía avanzó con paso firme por la tierra hasta el poblado donde los indios buscaban refugio. Entonces, detuvo su marcha y esperó. Los hombres de la tribu le miraban desde lejos, y los sacerdotes hacían cábalas sobre su procedencia. Unos pensaron que era el enviado del Sol, otros dijeron que debía ser Huiracocha, que regresaba desde las aguas del mar. Y al final dejaron que fueran los leopardos quienes revelaran si su presencia era humana o divina.

Huaina-Capaj soltó las fieras delante de Pedro Candía para que lo devoraran si era un guerrero o para que lo adoraran si era un dios. El hidalgo estuvo a punto de morir de terror cuando oyó los rugidos retumbar en sus oídos. Pero cuando los leopardos iban a atacarle, un rayo de sol cayó sobre su armadura y el reflejo deslumbró a las fieras que, cegadas por la luz, frenaron el ataque y se quedaron quietas. Seducidos por el brillo del Sol sobre la armadura de Pedro Candía, los leopardos vinieron mansos a lamerle las manos y a postrarse a sus pies.

Los indios, engañados, quedaron convencidos de que el hombre que tenían delante era un enviado de sus dioses. Se le acercaron humildemente, se arrodillaron ante su escudo y su cruz y le abrieron las puertas de su casa a él y a los que vinieron después. Así salvó Pedro Candía la vida a Pizarro y a los trece de la fama.

63

El tesoro del cóndor*

En tiempos de la Conquista, antes de la medianoche, los espíritus venidos de los mares salían a perseguir a los hombres. Cuando tocaban las doce, una carreta encantada que nadie conducía corría por los senderos atropellando a la gente. En los cruces de caminos salían caballos desbocados que no tenían cabeza y que golpeaban y mataban con sus patas a los hombres. Por eso se acabó la raza de la gente antigua.

Durante mucho tiempo, los blancos que llegaron desde el mar estuvieron juntando el oro que habían arrebatado a los hombres para cargarlo en sus barcos enormes y llevárselo por donde habían venido. Una noche, cuando ya no quedaban tesoros en la tierra de los hombres, los blancos prepararon todo lo que habían robado para zarpar a la mañana siguiente.

Cuando se fueron a dormir, un cóndor voló desde las alturas y se pasó toda la noche yendo y viniendo, sacando el oro de los barcos y llevándolo lejos, al lugar secreto donde duermen las aves negras. En el último viaje ya el sol iba despuntando en el horizonte. El gallo cantó y despertó a los navegantes que alcanzaron a ver al cóndor con las piedras de oro brillándole en el pico. Apuntaron con sus armas y aunque los disparos no lograron alcanzarlo, soltó el tesoro que llevaba encima.

---

* En algunos lugares de Colombia, la figura del cóndor simboliza todavía el espíritu de los tesoros saqueados en la Conquista. Se afirma que cuando el oro era robado el cóndor desataba su ira provocando desastres.

La carga del cóndor cayó al suelo y abrió un hueco enorme en la tierra. Los dioses mandaron una bola de agua que llenó el agujero y formó un charco inmenso donde se hundieron los tesoros.

Los blancos se dividieron en dos bandos. Unos se fueron a buscar al cóndor para seguirlo hasta su escondite y los otros montaron en sus caballos para ir al sitio donde había caído el oro. Querían sacarlo del fondo, pero sus bestias se encabritaban espantadas por el agua y tuvieron que dejarlas atadas a los árboles. Siguieron a pie por los caminos y comenzaron a oír ruidos extraños, quejidos de animales y cantos de hombres escondidos que sonaban como lamentos invisibles.

Cuando llegaron cerca de la laguna recién formada, vieron un niño dorado que corría por la orilla. Al notar su presencia, el niño se espantó y desapareció en el agua. Cuando ellos se acercaron para atraparlo, la superficie del lago se cubrió de niebla y unas olas enfurecidas se levantaron y corrieron tras ellos. Cuando el agua alcanzó los cuerpos de los hombres, éstos se convirtieron en piedras y quedaron inmóviles, para siempre, en la orilla del lago.

Los otros, los que siguieron al cóndor para descubrir su escondite, tuvieron que trepar muy alto por las cumbres de la montaña. Habían visto desde la playa una luz que brillaba allá lejos, en el lugar a donde volaba el ave de grandes alas negras. Cuando iban llegando a la punta quedaron fascinados por la visión de cientos de animales de oro que andaban por los riscos. Hipnotizados por el brillo de los animales, corrieron a perseguirlos y se perdieron entre las rocas empinadas.

Por eso, los blancos quedaron cautivos, convertidos en piedras, o se perdieron en el monte y enloquecieron. Fueron encantados para siempre por los hechizos del cóndor sagrado, que castiga sin piedad a quien intenta saquear los tesoros de la tierra.

Artesanía

Los toltecas fueron considerados supremos artesanos por sus sucesores, los aztecas. El pueblo de los toltecas estableció en toda Centroamérica una de sus más grandes habilidades artesanales: el trabajo y la fundición del oro.

Para los aztecas, el oro era *teocuitlatl* o «excrementos de los dioses». Los orfebres aztecas eran muy valorados entre los miembros de la sociedad. Denominados *teocuitlabuaque*, su dios patrón era Xipe Totec. Pocos de sus utensilios y artefactos lograron sobrevivir a la conquista de los españoles.

En América se ha trabajado con oro durante milenios. El verdadero triunfo del arte inca se halla en Coricancha, el Templo del Sol, en Cuzco. Las paredes de dicho templo fueron laminadas con 700 sábanas de oro impregnadas y decoradas con turquesas y esmeraldas. Se situaron las ventanas de tal manera que, cuando los rayos del Sol se colasen a través de ellas, las paredes de la habitación brillasen de forma cegadora. También construyeron estatuas de oro y, según la leyenda, parte del botín que los incas de Atahualpa ofrecieron a los españoles a cambio de salvar sus vidas, incluía veinte estatuas de oro del tamaño de una persona.

En Centroamérica se apreciaba más el jade que el oro. Quizás por su colorido se asociaba con el agua, el cielo, la vegetación y las maravillosas plumas de las aves del quetzal. Era un material muy duro que normalmente se trabajaba con herramientas de jade y se pulía con jade en polvo o arena de cuarzo. Los olmecas (1200 a. C.) fueron los primeros en esculpir el jade, tallando máscaras, imágenes de dioses y utensilios para los rituales.

La turquesa fue otra de las piedras preciosas más valoradas, aunque no se conocieron hasta la llegada de los toltecas.

Las preciosas y valiosas plumas de las aves tropicales también fueron muy apreciadas. Durante el imperio de los incas, «las mujeres elegidas» pasaban mucho tiempo tejiendo capas o mantas hechas con dichas plumas y elaboradas para que las llevasen el Inca y sus sacerdotes. Del mismo modo, los artesanos aztecas utilizaron plumas para sus capas, túnicas, vestidos y demás ornamentos.

Sin embargo, los incas de la zona costera de las llanuras bajas preferían ornamentos y ropa tejida con algodón fresco, mientras que en las llanuras frías se tejía la ropa con lana de llama o de alpaca. La lana de la vicuña, el más suave de todos los tejidos, se reservaba para el emperador, que llevaba dicha vestimenta en sólo una ocasión, tras la que la ropa se quemaba.

En Centroamérica, la ropa se tejía con la fibra de la planta del algodón. Y, como era un trabajo propio para las mujeres, estaba supervisado por ciertas diosas, la joven I y la anciana O. Por último, la diosa azteca Tlazolteotl llevaba un tocado de algodón no hilado, adornado con dos husos.

Leyendas de espíritus y duendes

64

LA PATASOLA

Leyenda de Colombia

La Patasola es el espíritu de los montes, un ser tenebroso que gime y llora en la oscuridad, el demonio de los niños que mueren sin bautizar. Tiene sólo una pierna, con forma de tronco de árbol en lugar de pie, con la pezuña de un cerdo o la garra de un oso. Sólo tiene un pecho, los brazos muy largos y las manos grandes como garras. El pelo enmarañado le cubre la cara, posee grandes ojos felinos que echan fuego cuando miran y de sus labios gruesos salen dos colmillos afilados y largos.

No se sabe desde cuándo se arrastra por los bosques. Algunos afirman que es una mujer que de niña desobedeció a su madre y que, por su desobediencia, un día perdió una pierna. Otros dicen que es una joven que se acostó con el patrón de su marido y que, después de que el esposo engañado matara al patrón con un hacha, a ella le cortó un pecho y una pierna. Otros más cuentan que es una mujer que se puso a cortar leña en viernes santo y, en castigo, ella misma se cortó la pierna con la misma hacha con la que cortaba leña.

Por momentos, la Patasola transforma su apariencia para atraer a sus víctimas. Frente a los niños se convierte en una mujer bondadosa y maternal que les ofrece caramelos y los lleva a las profundidades del bosque, donde luego les chupa sangre. A los hombres los seduce convertida en una hermosa mujer, los atrae con sus cantos lascivos y, una vez que están entre sus brazos, enseña su aspecto real y los devora, dejando un desorden de huesos pelados esparcidos por el suelo. Para los caminantes, su voz es el llanto lastimero de una mujer indefensa, perdida en la oscuridad de los matorrales; cuando alguien se acerca para auxiliarla, la Patasola se lanza sobre su víctima como una fiera, hincándole los afilados colmillos en el cuello y bebiendo toda su sangre.

Con su garra de oso, la Patasola deja huellas equivocadas y borra los caminos de los cazadores que andan por los bosques para que se pierdan y jamás encuentren el camino de vuelta a casa. Así puede perseguirlos y atormentarlos hasta la muerte. Persigue también a los mineros solitarios y, para acabar con los agricultores, desata vendavales que arrasan con los cultivos.

Sólo unos pocos de los que han visto a la Patasola han sobrevivido para contarlo, pero vuelven trastornados para siempre. La única manera de ahuyentarla cuando tiene hambre de sangre es ir acompañado de perros y armado con antorchas y con hachas. Pero lo más importante para no verla es ignorar a una mujer desconocida que en las noches oscuras ofrece caramelos a los niños, canta versos lascivos para los hombres solos o entre llantos pide ayuda a las almas caritativas.

65

La Llorona*

En una noche estrellada, a orillas del lago Texcoco, los sacerdotes reunidos calculaban la posición de los astros en el cielo para determinar la medida del tiempo. De repente, un alarido lastimero se extendió sobre las aguas y quedó suspendido en el aire: era Cihuacoatl, la diosa madre, la protectora de la raza, que había bajado de la montaña y saliendo de las profundidades del lago venía a prevenir a su pueblo. Por el este se acercaba su figura blanca y difusa, su cuerpo de mujer envuelto en un largo vestido que revoloteaba en el viento. Cihuacoatl habló:

—Hijos míos, amados hijos de Anahuac, vuestra destrucción está próxima. Dentro de muy poco estaréis perdidos para siempre. ¿A dónde iréis? ¿Dónde podré llevaros para que podáis escapar del terrible destino que os espera?

Los sacerdotes consultaron sus libros sagrados y allí estaba escrito: era el sexto presagio cumplido de los ocho augurios de los dioses, anunciando la destrucción de los aztecas. Estaba anunciada la llegada de extranjeros que vendrían por el este, trayendo penas y dolor, augurando la muerte y la desaparición de la raza. Los dioses aztecas serían humillados y sustituidos por otros dioses nuevos, más fuertes y más poderosos.

---

* Hay muchas versiones que recrean la leyenda de La Llorona. Una mujer que en las noches solitarias deja escapar un grito desesperado y se lamenta por sus hijos perdidos. La leyenda existe en varios países de América Latina, y se la relaciona siempre con tragedias ocurridas en algún tiempo remoto.

Los españoles, montados en sus caballos, trayendo la muerte y la destrucción con sus lanzas y sus armaduras, saquearon los poblados, aniquilaron a los hombres, construyeron ciudades y templos en los que adoraron a los nuevos dioses. Fue la Conquista, el final del Imperio azteca.

Cuentan que, mucho tiempo después de la Conquista, una mujer vestida de blanco, una figura como la de Cihuacoatl bajando de los montes, apareció en el silencio de la noche por el lado occidental de la plaza de la capital de Nueva España. Cruzaba calles oscuras y andenes y plazuelas con rumbo al este, repitiendo siempre el mismo desconsolado lamento:

—¡Aaaaaay mis hijos, aaaay aaaay mis hijos!

La gente al oír el lamento se quedó encerrada en casa después del toque de queda y cerró a cal y canto puertas y ventanas para huir del espíritu de esa mujer en pena, de esa figura tenebrosa, que desde entonces fue bautizada como «La Llorona».

Los pocos que la vieron quedaron enfermos de espanto y con el alma desgarrada para siempre por la visión del fantasma blanquecino, por haber escuchado de cerca ese terrible grito de pena. Desde el Golfo de México hasta la Tierra del Fuego hay quien asegura que el alma de La Llorona todavía se arrastra por parajes escondidos y que durante la soledad de la noche oscura se la oye llorar desde lejos, lanzando al viento de América el incansable quejido que clama por sus hijos perdidos, por su pueblo desaparecido.

Los calendarios

Uno de los grandes métodos de adivinación de América latina era la consulta de los calendarios o cuenta de los destinos de 260 días, llamada *tonalpohualli* entre los nahuas y *tzolkin* entre los mayas. La consulta era sobre todo obligada cuando nacía un niño o una niña.

Este calendario, de fuerte carácter adivinatorio, se dividía en 13 meses de 20 días cada uno, de forma que cada día se combinaba, rotando con un número del 1 al 13, hasta completar los 260 días del año. A cada uno de los días se le adjudicaba un nombre y un numeral con una carga energética que lo conectaba con la fuerza del cosmos, se encontraba bajo la protección de un dios, se relacionaba con un rumbo del universo y un color y tenía un augurio asociado.

El calendario tonalpohualli se diferenciaba del calendario maya no sólo en su forma, pues éste constaba de 365 días repartidos en 18 meses de 20 días (a los que se sumaban cinco días que en los años bisiestos eran seis), sino también en su uso, ya que el calendario maya poseía una función agrícola.

Este calendario ritual estaba distribuido por toda Centroamérica, registrándose en un gran número de códices (llamados *tonalámatl*), manuscritos de papel de corteza que se impregnaban de goma y se colocaban en largas tiras plegadas en forma de biombo. Estos libros se cubrían posteriormente con una fina capa de cal blanca pulida, sobre la que pintaban y escribían con plumas de aves o pinceles hechos de cabello humano o animal, y se guardaban en cajas con tapas de madera labrada o piel de jaguar. Los llamados *tonalpouhque* eran las personas especializadas en su lectura y su interpretación.

Otros textos mayas que han llegado hasta nosotros, aunque escritos en alfabeto latino (posiblemente para escapar de la destrucción), son los libros de adivinación o Chilam Balam de los sacerdotes mayas. Sin duda, el más conocido es el llamado *Popol-Vuh* o *Libro de la soberanía*, libro sagrado de los indios quiché de Guatemala que recoge los mitos de los antiguos mayas sobre la creación del mundo y del hombre.

En la actualidad, el calendario tzolkin continúa vigente en lo que se conoce actualmente como el «área maya» (que abarca la Península del Yucatán en México, Belice, Guatemala y las vertientes occidentales de Honduras y de El Salvador) y es utilizado por sacerdotes y curanderos para la adivinación.

66

El pishtaco*

Leyenda andina

En tiempos de los incas, los pishtacos eran seres solitarios que habitaban las laderas de montañas lejanas y poco pobladas. Eran hechiceros que fabricaban un macabro preparado hecho con maíz, hojas de coca, plumas, oro, plata y la grasa extraída de cuerpos humanos. Todos los ingredientes eran cocidos a fuego lento hasta quedar calcinados y esas cenizas eran sopladas sobre las tumbas de los muertos para hacerlos hablar, o sobre las figuras que representaban a los ídolos de los pishtacos.

Durante la conquista, el pueblo inca fue masacrado por los conquistadores españoles, y se relacionó a los pishtacos, devotos de la grasa humana, con la matanza. Se dice también que en esos tiempos existía en España una grave enfermedad para la que no se conocía cura, y que el único remedio era el unto (es decir, grasa humana); por eso se creyó que los pishtacos tuvieron que ver con la muerte de los indígenas, cuya grasa era destinada para preparar el brebaje. Algunos dicen que en esa época no se debía entrar en las casas de los españoles porque se podía ser víctima de los pishtacos, y que el unto de tantos incas muertos se usó también en la fabricación de las campanas de los cientos y cientos de iglesias construidas en Perú durante la colonia.

---

* Pishtaco, o Nacac, es el nombre que se da en la zona andina peruana a los desolladores de seres humanos. Son hombres vivos, de carne y hueso.

Con la llegada de los españoles, la figura del pishtaco, asimilada a la nueva cultura, adquirió la apariencia de una efigie del Niño Jesús que lleva un puñal en la mano. Se dice que cuando una persona padece de una agonía que parece no terminar nunca, la imagen del niño (llamado también Nacac) debe ser llevada delante de su lecho; sólo el pishtaco trae al agonizante el alivio final de la muerte.

67

EL TÍO DE LAS MINAS*
Leyenda andina

Huari era el dios del mal y dominaba la montaña. Había entregado la tierra a los Urus, sus sobrinos, gente que extraía minerales preciosos de las entrañas de las minas y cuya vida era desordenada y pecaminosa. Hartos de los excesos y desmanes de su existencia, los Urus decidieron arrepentirse y llevar sus pasos por el camino del bien.

Entonces Huari se enfureció y quiso castigarlos: desde el sur les envió una enorme serpiente que amenazaba con devorarlos, desde el norte un sapo gigantesco para que cayera sobre ellos, y desde el este un monstruoso lagarto y una plaga de hormigas que arrasaba con todo lo que encontraba a su paso.

Los Urus se creyeron perdidos, acorralados por las fieras y la plaga que les mandaba el espíritu maligno de la montaña. Sin embargo, cuando estaban a punto de ser exterminados, apareció por el oeste como por arte de magia, la bella Ñusta, empuñando en su mano una espada de luz.

Huari y la Ñusta (llamada después la Virgen del Socavón), se enfrentaron en un terrible combate que duró muchos días y muchas noches.

La Ñusta, blandiendo su espada mágica, logró derrotar al dios del mal, quien, exhausto y humillado, buscó cobijo en las profundidades del mon-

---

* Leyenda surgida de las minas en las montañas de los Andes.

te. Después y para siempre, el sapo, la serpiente y el lagarto se convirtieron en piedras, y las hormigas en arena.

Pasada la batalla, la imagen de la bella Ñusta quedó plasmada en las rocas para proteger a los mineros de la maldad de Huari, que sigue cuidando sus riquezas en las profundidades de la tierra.

Aún hoy, cuando el dios del mal se enfada, sacude la montaña y la tierra se derrumba destrozando las bóvedas que forman los pasillos de las minas, expulsando a los hombres de los elevadores mecánicos y lanzándolos al abismo. Para aplacar la ira de Huari, los mineros le llaman «tío», el tío de las minas. Al dios, amo y señor de lo profundo, le place la mención del parentesco que todavía lo une a los hombres, se aplaca y, en recompensa, entrega los tesoros que guarda en las entrañas de sus montañas.

68

El Caleuche

Leyenda de Chile

Un barco fantasma vaga por los mares de Chile. Es el Caleuche, que en noches tranquilas navega por las profundidades o sobre la superficie del agua. Sus tripulantes son náufragos que murieron hace años en aguas muy lejanas, contrabandistas, marineros, piratas o viajeros que perdieron el rumbo y fueron devorados por la inmensidad del mar.

El barco fantasma es capaz de correr veloz como el viento, desplegando sus enormes velas como si fueran alas blancas, iluminadas por el reflejo de la luna en el agua. A veces se queda completamente quieto, replegando las velas y esperando a que, del mar, lleguen los espectros de marineros en desgracia.

Cuando el Caleuche se acerca a las playas de la isla de Chaolí, se oye desde lejos la música, las risas, los cantos y el bullicio de una fiesta alegre. En la cubierta del Caleuche, de tanto en tanto, vuelve la vida y se organiza una fiesta. Los invitados bailan, cantan y ríen alegres. Son los fantasmas y espectros de aquellos a los que ha devorado el mar, junto a viejos brujos que asisten a lomo de sus caballos marinos.

La misión del Caleuche es recorrer los mares de norte a sur, de este a oeste, y velar por los seres que habitan las aguas. Cuando un barco se pierde o naufraga, se topa con el Caleuche, que lo guía o lo remolca a toda velocidad hasta las cercanías de un puerto seguro.

El Caleuche aparece en algunas ocasiones, cuando otros barcos tienen dificultades. Es inútil buscarlo o perseguirlo. Quienes lo han intentado lo han visto transformarse en el tronco de un árbol muerto que flota en el agua o en una foca escurridiza que se sumerge y escapa.

Nunca se sabe cuando se hará visible el barco fantasma. De un momento a otro aparecen en la lejanía sus velas blancas enredadas en la niebla y se oye su música alegre esparcida en el viento marino. Pero la misma magia que lo ha hecho aparecer se lo lleva de repente, sin previo aviso, y en el lugar donde estaba no queda ni rastro del imponente Caleuche.

69

LOS ALUXES

Leyenda de México

Los Aluxes fueron ídolos de barro que quedaron esparcidos en las tumbas de los indios que murieron hace tiempo. Los hombres descubrieron el secreto para volverlos a la vida: había que permanecer nueve días y nueve noches sin conciliar el sueño, quemando copal en una de sus imágenes de barro.

Los Aluxes, revividos, se convirtieron en duendes pequeños como niños, hechos de aire, que vagaban por los bosques en las noches de luna llena. Cuando todo el mundo dormía, se oía el rumor de pies pequeñitos que corrían a toda prisa alrededor de las hogueras que los hombres se olvidaban de apagar. Eran los Aluxes que salían a cazar llevando alpargatas, sombrero, un rifle y un perro pequeño.

Se dice que subían y bajaban de los árboles, que tiraban piedras y que robaban el fuego. Se dice que con sólo pasar su mano por la cara de un hombre podían provocarle calenturas y vómitos.

Pero también hay quien afirma que eran bondadosos si se les trataba bien. Una jícara de miel, un poco de tabaco y algo de pozole, valía para tenerlos contentos. Entonces, los Aluxes vigilaban las casas y los huertos de quien les daba de comer, alejaban los malos vientos y espantaban las plagas. Si algún hombre intentaba robar los frutos ajenos, los seres de aire se lanzaban contra él como una manada y le daban una tremenda paliza antes de devolver los frutos arrancados por el ladrón. En cambio, si no se les cuidaba, los duendes solían ser despiadados; robaban las semillas de la huerta, bailan sobre los retoños de las plantas y estropeaban los frutos que todavía estaban verdes.

Algunos dicen que ya todos los Aluxes murieron, que los partió un rayo que cayó una noche mientras bailaban reunidos bajo la lluvia. Pero todavía hay quien, en noches de luna llena, no se olvida de dejar un cántaro con miel, un atado de tabacos y algo de comida al lado de una hoguera encendida, antes de irse a dormir. Confía que cuando amanezca el huerto estará sano, las semillas enterradas en la tierra y los frutos intactos colgando de sus ramas.

70

Boitatá

Leyenda del Brasil

Cerca de la orilla del mar y en los ríos vive Boitatá, la serpiente que sobrevivió al gran diluvio que inundó la tierra. La enorme boa subió a la copa del árbol más alto y esperó a que las aguas volvieran a sus cauces. Sin nada qué comer después de varios días, no tuvo otro alimento que los cadáveres de hombres que arrastraba la corriente. Lo más apetitoso de los cuerpos eran los ojos, pero los ojos de los muertos guardan la última luz que han visto, que no es ni roja ni naranja, ni amarilla ni alegre, sino una luz fría, la luz de la tristeza. Por eso se dice que Boitatá es un animal triste.

Cuando se subió al árbol para sobrevivir al diluvio y mientras tragaba ojos y más ojos, la serpiente, sin saberlo, iba también tragando luz, la última luz que habían visto los hombres muertos. De tanta luz que tragó sin darse cuenta, su cuerpo comenzó a brillar hasta que se incendió. Por eso, los hombres al verla la llamaron Mboi-tata, la serpiente de fuego. Desde entonces, recorre luminosa los campos, los bosques y los cementerios durante las noches de verano, en busca de ojos para comer, persiguiendo a los hombres, con su fuego que no quema, pero que deja ciego a quien lo mira.

Hay quienes dicen que Boitatá es el espíritu protector de los campos, y que por eso no ataca a todos los hombres, sólo a aquellos que ya están muertos, para comerse sus ojos y llenarse de su luz, o a aquellos que intentan prender fuego al bosque o las cosechas.

71

LOS PUQUIALES
Leyenda quechua

A todos los lugares donde brotan las aguas subterráneas, donde nacen los ríos o hay ojos de agua, se los llama puquiales. Son lugares del demonio, porque a través de su espejo aflora el mundo de lo que está abajo. Nadie debe acercarse a sus alrededores pasadas las cuatro de la tarde, pues el diablo espera y toma distintas apariencias para atrapar las almas de los incautos y de los atrevidos. Si es un hombre el que se acerca, ve en las aguas del puquial una hermosa sirena que lo seduce con su canto; si es un niño, el diablo se aparece como un duende bailarín que le salpica la cara y lo invita a jugar.

Sólo un animal fuerte como el toro es capaz de resistir la llamada del demonio cuando está cerca de un ojo de agua y cualquiera que haya caído en un puquial sólo podrá salir agarrado con fuerza de la cola de un toro bravo. Pero cuando un hombre consigue sobrevivir a la fuerza maligna del puquial, se encontrará gravemente enfermo, de un mal que sólo pueden curar los entendidos, los que saben de embrujos y de hechicería. El enfermo sana solamente cuando el entendido hace ofrendas de alimentos y bebidas, enterrándolos en el suelo, cerca del ojo de agua, mientras canta canciones sabias y baila danzas mágicas a su alrededor.

El Curupira
Leyenda del Brasil

El Curupira es el espíritu protector de la caza. Es un hombre pequeño, muy fuerte, con una abundante cabellera roja como el fuego, y que tiene siempre los pies girados, por lo que nunca se sabe si viene o si va. Vive oculto entre los matorrales, donde se esconde. El orden de la selva empieza a oír ruidos extraños, y puede enloquecer o extraviarse hasta morir de hambre.

El castigo del Curupira se ensaña sólo con los cazadores que matan más animales de los que necesitan y, en cualquier caso, está siempre dispuesto a negociar. A cambio de su benevolencia con el mal cazador, el protector de las presas acepta tabacos y alimentos que no contengan ajo ni pimienta. Cuando los recibe, el Curupira deja marchar al cazador, advirtiéndole antes que debe guardar en secreto el pacto que han sellado. Si el secreto no se mantiene, el Curupira ejercerá su implacable castigo: hacer que su víctima se pierda y muera en medio del bosque.

73

LA MADRESELVA

Leyenda de Colombia

La Madreselva es el espíritu que cuida de los montes y las selvas. Es una mujer corpulenta, cubierta de hojarasca, de manos largas y huesudas. Su piel es verde como el musgo y se confunde con las orillas pantanosas de los manantiales. Su voluntad rige los vientos y las lluvias. Cuando el temporal arrasa los bosques, la Madreselva canta lanzando alaridos que hacen estremecer la tierra y las piedras. Se dice que esos cantos aturden a los niños perdidos, a quienes ella toma de la mano y conduce a un lugar oculto detrás de las cascadas.

La Madreselva atrapa a todo aquel que pretenda destruir la selva, incendiar los montes, talar los árboles, matar más animales de los que necesita o desviar el curso de los ríos. Dicen que le teme al humo del tabaco, a los insultos y a los latigazos que le propinan los hombres para librarse de su presencia.

74

LOS IGPURIARAS
Leyenda del Brasil

Los igpuriaras son seres apasionados que viven en los lechos de los ríos y tienen forma humana, que puede ser femenina o masculina. Los machos suelen tener los ojos hundidos en las enormes cuencas, un cuerpo esbelto y fuerte; las hembras son mujeres muy hermosas de manos finas y cabellos largos. Cuando atrapan a sus víctimas las abrazan y las besan con tal ferocidad que las asfixian, y terminan por despedazarlas. Cuando el Igpuriara, macho o hembra, se percata de que tiene un cadáver entre sus brazos, huye despavorido, dejando escapar a su paso un lamento triste. Pero cuando la tristeza es más fuerte que las ganas de huir, el igpuriara se queda al lado de la víctima para devorar sus ojos, sus genitales y las puntas de los dedos de sus manos y pies.

75

El Pombero

Leyenda guaraní

El Pombero es el señor de los pájaros de la noche. Sabe imitar a la perfección su canto, pero también puede silbar como los hombres y las serpientes y aullar igual que los perros salvajes y los lobos. Es también capaz de cambiar su apariencia, trasformándose rápidamente en un hombre, un tronco de árbol o en cualquier animal. De este modo, se disfraza como un camaleón que se pierde entre el follaje, haciéndose invisible y puede deslizarse por lugares tan estrechos como el ojo de una cerradura.

Vive en el monte, en cabañas apartadas que han sido abandonadas por los hombres. Los que lo han visto antes de sus transformaciones, lo describen como un hombre alto y flaco, con mucho pelo, que lleva sombrero de paja y una bolsa colgada al hombro. Otros dicen que es pequeño, peludo y muy feo, un enano rollizo que camina con los pies para atrás. Otros más afirman que es un viejo con la piel roja que tiene dientes de perro, brazos largos, manos muy grandes y un sólo ojo en la frente.

Cuando llega el mes de octubre y comienza el calor en la zona guaraní, el Pombero sale de su escondite a la hora de la siesta y recoge a los niños que no duermen por andar cazando pájaros. Los secuestra y después los abandona lejos de sus casas, aturdidos y atontados. Cuando sale de noche, va en busca de las mujeres que duermen al sereno, se acuesta con ellas y las deja preñadas de un hijo que será muy parecido al Pombero.

La única manera de evitar el azote del Pombero es tratándolo bien, ofreciéndole tabaco para mascar, miel o botellas de caña. Cuando es amigo, el señor de los pájaros se convierte en un compañero de buenos y de malos momentos. Entonces, vigila la casa, cuida de los niños, de los animales y de todas las pertenencias de quien lo alimenta.

Pero si el Pombero escucha que un hombre amigo habla mal de él, desata toda su venganza: se cuela en su casa, espanta a los que habitan en ella, esconde las llaves, rompe todo lo que encuentra, roba el tabaco, la miel y el maíz, y dispersa a los animales por el monte.

76

GUARMI VOLAJUN, LA VOLADORA

Leyenda de Ecuador

Guarmi Volajun es la hija de los antiguos dioses, los que se marcharon después de la conquista derrotados por un dios más fuerte y más poderoso que cuantos habían existido hasta entonces. En la penumbra de las noches sin Luna, cuando se oye el aullido de los perros, la gente corre a los patios de las casas para verla cruzar el horizonte.

Guarmi Volajun es una mujer hermosa, de largos cabellos rojos, que aparece por detrás de las lomas rodeada de un aro de fuego que ilumina la oscuridad del cielo. Los otros dioses de los antiguos pueblos nunca regresaron, pero Guarmi Volajun vive todavía en el lucero vespertino, muy cerca de la tierra. No ha podido olvidar a los hombres y de tanto en tanto regresa envuelta en su anillo de fuego para mirar esa tierra en donde un día reinaron sus antepasados.

77

Los Condenados

Leyenda de Perú

Los Condenados son almas en pena de gentes que murieron de mala manera, de seres de otro mundo que no han podido llegar al cielo, donde habitan los espíritus de los hombres buenos, de suicidas, incestuosos, ladrones y hombres que han dejado dinero escondido sin revelar el secreto. Los Condenados están obligados a vagar en el mundo de los vivos hasta que sus deudas queden saldadas y sus culpas expiadas.

Se pasean por las cuevas escondidas y por los alrededores de los cementerios. Allí se escuchan sus lamentos y el ruido de las pesadas cadenas que arrastran sus pies. Visten siempre de luto, con una caperuza que les cubre el rostro, cadavérico y pálido. Casi siempre caminan solos, pero a veces se mezclan entre las multitudes de las procesiones en los pueblos durante la Semana Santa, porque estar ahí les ayuda a expiar sus culpas y acortar el largo camino que los separa del cielo.

Pero los Condenados se valen también de otros recursos más crueles para limpiar su espíritu ensombrecido. Andan tras los pasos de personas buenas para robarles el alma y tenerla cautiva, pues sólo las almas buenas conocen la ruta al cielo.

Sin embargo, es posible resistir al ataque de los Condenados si se toma un crucifijo entre las manos y se repite muchas veces el nombre de Jesús o se invoca a la Virgen. También vale cubrirse con un manto de lana de llama o envolverse en una faja de colores muy vivos. Algunas personas los espantan enseñándoles una barra de pan recién salido del horno, o tirando sal y jabón sobre la capucha que les cubre el rostro, o entonando música salida del cuerno de algún animal muerto. Lo importante es llevar siempre la iniciativa e intentar sorprender al Condenado en vez de ser sorprendidos por él. Si el alma en pena toma ventaja, el alma buena del hombre desprevenido estará completamente perdida y acabará por convertirse en su prisionera.

78

El Mohán

Leyenda de Colombia

El Mohán era un hechicero que vivía entre las tribus indígenas antes de la llegada de los españoles. Su poder de adivinación le permitió huir a refugiarse en los bosques y evitar ser muerto por los conquistadores. Allí, aislado y escondido entre la maleza, se convirtió en el espíritu protector de los ríos. Vive en los pozos oscuros de los riachuelos y quebradas, y en el monte se puede oír su silbido largo que estremece los árboles y espanta a los animales. Tiene la forma de un hombre gigantesco de aspecto demoníaco, su piel está cubierta de musgo y su pelo es desgreñado y largo hasta las rodillas. Los ojos desorbitados le brillan como brasas encendidas, la boca es grande y colorada, y cuando la abre se ven sus colmillos largos y sus dientes de oro. Los brazos le llegan hasta el suelo y de las puntas de los dedos callosos le crecen uñas afiladas como cuchillos.

Persigue a las mujeres bonitas, es alegre y juguetón, y le gusta tocar el tiple y fumar tabaco. Bogas, pescadores y lavanderas lo han visto a la orilla del río pescando, cocinando o haciendo ovillos con su larga cabellera. Cuentan que se enfurece con los pescadores que no respetan el río; enreda sus redes, roba sus anzuelos y hace zozobrar sus canoas para que mueran ahogados. Para calmar su ira hay que ser bueno con el río y dejarle al Mohán ofrendas de tabaco en las rocas. El antiguo hechicero, agradecido, llena de peces las redes de los pescadores generosos.

79

El Boraro

Leyenda de la Amazonia

El Boraro es uno de los monstruos más temibles de la selva amazónica. Es un ser inmenso, de fuerza brutal. Su piel está cubierta de una pelambre tupida, sus orejas son grandes y puntiagudas, y tiene unos colmillos que no le caben en la boca y un pene de tamaño descomunal. Su vientre es plano, sin ombligo, y sus pies son enormes y sin dedos. Un olor pestilente invade la tierra por la que camina y su grito se oye emerger de las profundidades de la selva desde distancias muy largas.

El Boraro está siempre de pie porque sus piernas no tienen rodillas y no pueden doblarse. Por eso, cuando el monstruo cae al suelo le cuesta mucho levantarse de nuevo. Durante el día se pasea con cientos de mariposas azules que vuelan alrededor de su cabeza y en las noches le acompañan manadas de murciélagos. Corre detrás de su víctima aterrada, que por el pánico pierde el camino; cuando la atrapa, la abraza con tal vigor que le muele la carne hasta dejarla sin vida, pero deja intactos los huesos y no rasguña la piel. Después le abre un agujero en lo alto de la cabeza y chupa hasta que sólo queda la piel flácida cubriendo el esqueleto. Entonces sopla por el mismo agujero, la piel se hincha, y la víctima se echa a andar, atontada, como en un sueño. Muda, vacía, la víctima regresa caminando a su maloca, y al cabo de poco tiempo termina muriendo entre los suyos.

80

La Madredeagua

Leyenda de Argentina

En los arroyos que mueren en el mar, en los charcos y los pantanos, habita la Madredeagua, una mujer de belleza indescriptible y gestos seductores que sólo unos pocos llegan a poseer. Ella elige a su compañero para envolverlo en el hechizo de su hermosura, amarlo por un día y luego destruirlo para siempre. Los pescadores, los nadadores y los balseros sueñan con ella y la buscan de día y de noche, sin hacer caso de las advertencias de los pocos que han sobrevivido a su encuentro y han vuelto para contarlo.

La Madredeagua siempre aparece desnuda y con medio cuerpo fuera del agua. El hombre que va a su encuentro, el que será su amante, la ve aquí y allá, más cerca, más lejos, delante y detrás; así va quedando hipnotizado, poco a poco, cayendo en una sonriente y callada invitación.

La Madredeagua es una amante tierna, generosa y dispuesta, que complace hasta el más oscuro deseo del que la ha elegido, pero cuando termina el rito amoroso, esa hermosa mujer devora a su amante y se bebe su sangre. Aquél que escapa de su apetito voraz enferma, siente de por vida una tristeza y una desgana incurables, y jamás logra olvidar las caricias y los besos que ya nunca más volverá a tener.

81

Cipitín

Leyenda de El Salvador

Cipitín es el espíritu que baila entre los árboles. Cuando era niño, su madre, la Siguanaba, enloqueció: salió corriendo y lanzando carcajadas estruendosas hasta que cayó al agua de un río y se ahogó. El crío escapó al monte, se escondió en una cueva que había en la base de un volcán y se convirtió en el espíritu de las flores y los árboles, el espíritu de un hermoso niño que siempre tendrá diez años.

Han pasado muchos siglos, han venido y se han ido generaciones enteras de hombres, y Cipitín todavía tiene la piel tierna del color de la canela, los ojos negros brillantes y se apoya en la misma caña verde para saltar de piedra en piedra en los arroyos. Es tan bello que las muchachas del pueblo van de madrugada a dejarle flores para que juegue en las orillas del río. Pero también es huraño, le gusta estar sólo y vive oculto en los matorrales. Cuando ve a las intrusas, trepa a una rama y la sacude para que caigan las flores y las bañen en pétalos.

Un día, Cipitín se quedó dormido encima de un pétalo y ahí lo encontró Tenácin, una niña que había perdido el camino mientras estaba cortando flores. El ruido de las zarzas que se movieron al paso de Tenácin despertó al espíritu del bosque, que salió huyendo entre los matorrales, dando saltos de flor en flor y cantando una dulce canción.

Tenácin lo siguió sin perderlo de vista, haciéndose heridas en las manos y en los pies con las rocas y las espinas del ixcanal. Cuando llegaron a las faldas del volcán, Cipitín tocó la piel verde de una roca cubierta de musgo y la roca se abrió en dos para dejarlos pasar. Entonces el espíritu le dio la mano a la niña y juntos entraron en la caverna. Después la roca se volvió a cerrar y ya nunca nadie más volvió a verlos.

El padre de Tenácin la buscó como loco por los bosques y los ríos, pero nunca pudo encontrarla y murió de pena y dolor.

Dicen que cualquiera que camine por las orillas de un río puede encontrar a Cipitín y a Tenácin, montados en un lirio, escondidos entre los árboles, sacudiendo ramas para que caigan las flores sobre las cabezas de las muchachas que se bañan en el agua o cantando canciones dulces que se confunden con en el canto de los pájaros del monte.

82

EL PAYADOR*
Leyenda de Argentina

Hace mucho tiempo, por los campos despoblados del sur andaba un hombre errante que no tenía casa donde vivir ni oficio en que ocupar el tiempo. Era un gaucho diestro en las labores de la guerra, pero en los tiempos de paz sólo sabía recitar versos que él mismo iba componiendo. Le gustaban la fiesta y las mujeres bonitas, pero no encontraba ninguna que juntara todas la virtudes que él andaba buscando. Cuando conocía alguna que le interesaba, pasaba un tiempo con ella y unos días más tarde empezaba a echar de menos las cualidades de las otras mujeres que había conocido.

Al cabo de tanto andar sin encontrar lo que buscaba, el gaucho se sintió solo, y se volvió triste y enfermizo. Entonces se fue a visitar a un viejo hechicero ermitaño que vivía en una gruta apartada en lo alto de la montaña. El hechicero era un experto curandero de las enfermedades del cuerpo y del alma. Cuando el gaucho le contó lo que le pasaba, el viejo hechicero le dijo que le daría algo que se parecía mucho a lo que andaba buscando.

—Es un objeto construido con madera de árbol —dijo el anciano—. Tiene la forma de la mujer, y el alma de la música; la piel color canela y

---

* Cantor repentista de la pampa argentina. Se cree que la palabra *payador* viene del término *payo*, que en España (payés) designa a los campesinos, y entre la etnia gitana, a los no-romaníes.

cabellos largos que tú tendrás que peinar. En el pecho tiene un hueco donde pondrás tu corazón para darle el sentimiento.

Después, el viejo le entregó una guitarra, que el gaucho sorprendido tomó entre sus brazos. Como si la acariciara, le templó las cuerdas, y al pasar los dedos arrancó las dulces notas musicales que acompañaron sus versos.

Fue así como nació el payador.

Apéndice

Glosario

Alpargatas Calzado de lona con suela de esparto o de goma que se sujeta al pie con cintas atadas alrededor del tobillo.

Anones Frutos del anón, un árbol tropical de tamaño mediano. Son muy dulces y de una pulpa blanca que recubre las semillas.

Arrayán Árbol silvestre que se encuentra en las selvas de América Latina y que alcanza una altura media. Su madera tiene vetas rojas y es muy dura.

Arrendajo Ave parecida al cuervo. Es pariente cercano de la urraca y las cornejas. Tiene un régimen alimenticio muy variado, desde bellotas y semillas hasta pequeños pájaros. Aunque su plumaje es de colores vivos, se esconde muy bien entre el follaje. Si se le captura joven y se le enseña puede llegar a imitar muy bien la voz humana.

Batata Tubérculo cultivado por los indios desde épocas remotas y que aún se cultiva en muchos países de América y África, principalmente como producto de subsistencia.

Bohío Liana que da un fruto de corteza dura cuya forma semeja un zapato. Este fruto se vacía y se emplea como recipiente de múltiples usos: para coger agua, recoger los huevos o guardar diversos objetos.

Calafate Arbusto espinoso y con frutos de fuerte tintura azul que se extiende por toda la Patagonia.

Capibara	Mamífero roedor de 100 a 130 centímetros de longitud y hasta 50 kilos de peso. Es el mayor roedor viviente.
Ceiba	Árbol del centro y sur de América que suele tener un follaje en forma de cúpula y que, por su gran tamaño, se siembra para dar sombra a las casas o a los animales.
Coihue	Coigüe o Coygüe. Árbol de tronco fuerte, a menudo con ramificaciones poderosas y elegantes. Alcanza hasta los 45 metros de altura y los 2 metros de diámetro. Se encuentra en cerros de poca altura y a orillas de grandes lagos en Argentina y Chile.
Copal	Resina casi incolora, muy dura, sin olor ni sabor, que se emplea para fabricar barnices de buena calidad.
Curare	Veneno vegetal, de acción paralizante, con el que los indígenas del Amazonas cubren sus flechas.
Cusumbo	Animal muy similar a una ardilla, aunque sin cola, que habita los páramos andinos de Colombia.
Chicha	Bebida embriagante que se hace con maíz fermentado y se bebía en los festejos de los pueblos indígenas del centro de Colombia.
Chontaduro	(Del quechua, *chuta*, «palmera», y *ruru*, «fruto».) Planta de Colombia y Ecuador de frutos comestibles, agrupados en racimos, de los que se extrae aceite.
Guanaco	Los guanacos son los vertebrados terrestres más grandes de la Patagonia. Son muy similares a los venados, pero están dotados con un bello pelaje para protegerse del frío.
Guayabo	Árbol americano que tiene el tronco torcido y muchas ramas, hojas puntiagudas, ásperas y gruesas, y flores blancas y olorosas. Su fruto, la guayaba, es comestible, tiene un tamaño parecido al de una pera, sabor dulce y la carne llena de semillas pequeñas. Por su gran riqueza en vitaminas, el consumo de la guayaba está muy extendido.
Ixcanal	Arbusto que se encuentra en Centroamérica y que tiene el tallo recubierto de espinas.

Kakuy	Ave de rapiña, nocturna. Fue llamada *kakuy* por los quechuas, *urutaú* por los guaraníes y *mae da luna* por los brasileños.
Lulo	Arbusto que produce unos frutos redondos un poco ácidos, pero de los cuales se hace una bebida muy apreciada.
Machi	Curandero mapuche que trata a los enfermos con cantos, bailes, rezos y plantas medicinales. Entre los mapuches, el machi era un médico adivino.
Maguaré	Tambor que se usa en los rituales aborígenes de algunos pueblos de la Amazonia.
Maguey	Árbol cuya fibra se utiliza para hacer cuerdas.
Maloca	Vivienda indígena de gran tamaño, pues tenía como objetivo albergar a toda la tribu.
Mambear	Costumbre de algunas tribus indígenas que consiste en mascar una mezcla de hoja de coca y cal para aliviar el cansancio.
Manaca	La palma manaca es un árbol de tamaño mediano que crece hasta una altura de 30 pies.
Mojarra	Pez que se usa en la alimentación y que puede llegar a medir hasta 45 centímetros.
Moriche	El moriche es una palma que crece silvestre en las grandes llanuras tropicales de América latina. Sus grandes hojas se utilizan para techar las casas de los indígenas o para producir una fibra con la que se hacen hamacas, mochilas y otros objetos de uso doméstico.
Morrocoy	Tortuga de tamaño mediano que habita las sabanas de América del sur.
Ñame	Hierba trepadora que crece en el trópico. Tiene hojas grandes y flores pequeñas y verdosas dispuestas en forma de espiga. Su raíz, de corteza oscura, es comestible. El ñame es un tubérculo y suele comerse cocido o asado.
Ñandú	Ave de gran tamaño que se encuentra en Bolivia, Perú y el norte de Argentina. Es llamado el *avestruz americano*.

Paca	Mamífero roedor de América del Sur. Tiene el pelaje rojizo, con líneas longitudinales de manchas claras, y extremidades y cola cortas. Se alimenta de vegetales. La carne de paca es muy apreciada por los indígenas. Se encuentra desde la zona este de los Andes hasta el río Paraná.
Pauji	Ave de tamaño medio de la misma familia de la pava del monte. Debido a su carne es bastante perseguida. Se encuentra mayormente en el interior de los bosques tropicales, Brasil, Colombia y Perú.
Payador	Cantor o poeta popular que va de un lugar a otro improvisando sus composiciones
Penca	Fruto del maguey, una especie de cactus de México.
Piragua	Embarcación larga y estrecha, mayor que la canoa, hecha generalmente de una sola pieza y que navega con remos o vela. Tradicional de los indios de América y Oceanía.
Piuquén	En araucano, «corazón».
Pozole	En la América precolombina, plato elaborado con maíz y carne, parecido a un potaje. Aún se prepara en la actualidad.
Quena	Flauta originaria de América del Sur hecha generalmente con una caña agujereada o con varias cañas de distintas longitudes. Su sonido resulta muy característico por su expresividad y timbre quejumbrosos.
Quetzal	Ave mexicana de hermoso plumaje.
Ruca	Vivienda típica de los indios mapuches.
Sauce de quetzal	Árbol donde, según la leyenda, acostumbran a posarse los quetzales.
Tangarana	Árbol de mediano tamaño que se encuentra distribuido ampliamente en los bosques húmedos tropicales y en lugares de frecuentes inundaciones. Su pulpa tiene un color café pálido y su savia es plomiza.
Tapir	Mamífero herbívoro similar al jabalí.

Tilma	Capa rústica usada por los primitivos indígenas mexicanos. Es el soporte donde se estampó milagrosamente la Virgen de Guadalupe, el 12 de diciembre de 1531. Consta de dos lienzos de tela de fibra de maguey unidos en el centro por una costura de hilo del mismo origen.
Tiple	Instrumento musical originario de la zona andina colombiana. El tiple es un derivado de la guitarra, tiene la misma forma y se diferencia en que es un poco más pequeño, tiene más cuerdas y produce un sonido más agudo.
Totumo	Árbol tropical americano que tiene el tronco torcido. Sus flores son blanquecinas y de mal olor. El fruto del totumo es la totuma con la cual se elaboran vasijas e instrumentos musicales.
Umarí	El umarí es un árbol de entre 10 y 15 metros de altura y copa amplia. Da unos frutos que tienen una pulpa fresca muy similar a la mantequilla.
Unkuch	Hierba de la selva empleada como alimento por los pueblos indígenas.
Virotes	Flecha que empleaban muchas tribus de indígenas, más corta y gruesa que las flechas tradicionales.
Yuca	Planta tropical americana de tallo cilíndrico lleno de cicatrices, flores blancas y colgantes, hojas rígidas y raíz gruesa de la que se extrae harina para la alimentación. En Europa, la yuca se usa como planta ornamental.
Zaíno	Nombre con el que se denomina a unos jabalíes salvajes que habitan las selvas de Sur y Centroamérica.
Zapote	Fruto tropical de piel marrón y pulpa amarilla. El zapote es dulce, tiene una semillas muy grandes recubiertas por el color vivo de su pulpa y se cultiva en zona muy cálidas.
Zaque	Título que se le daba al jefe de la tribu de los chibchas en Colombia.

BIBLIOGRAFÍA

ALEGRÍA, Ciro (1980): *El sol de los jaguares*. Bogotá: La Oveja Negra.
AYALA. R. R. (1999): *Mitos y leyendas de los incas*. Barcelona: Edicomunicación.
BIERHORST, John (1985): *Mitos y leyendas de los aztecas*. Madrid: EDAF.
DE PRADA, José Manuel y FILELLA, Luis (1996): *Mitos, cuentos y leyendas de los cinco continentes*. Barcelona: Juventud.
FLORES, Julio (1975): *Leyendas del Rapa-Nui: mitos y leyendas pascuenses*. Madrid: Cultura Hispánica.
GARCÍA NIETO, José y COMES, Francisco Tomás (1964): *Leyendas hispanoamericanas*. Madrid: Cultura Hispánica.
GIFFORD, Douglas y SIBBICK, John (1983): *Mitologia de l'America Central i del Sud. Guerrers, déus i esperits*. Barcelona: Barcanova.
PALMA DE FEUILLET, Milagros (1982): *El cóndor: dimensión mítica del Ave Sagrada*. Bogotá: Caja de Crédito Agrario, Industrial y Minero.
QUEIXALOS, Francisco (1991): *Tradición oral Sikuani*. Bogotá: Fundación Ednollano.
RODRÍGUEZ DE MONTES, María Luisa (1981): *Muestra de literatura oral en Leticia, Amazonas*. Bogotá: Instituto Caro y Cuervo.
SÁNCHEZ, Luis María (2001): *Colombia: Mitos y leyendas*. Medellín: Colina.
SERRET, León (2000): *Leyenda de la cierva plateada*. Santa Fe de Bogotá: Cooperativa Editorial Magisterio.
TAPIA RODRÍGUEZ, J. (1997): *Leyenda y misterio de los aztecas*. Barcelona: Edicomunicación.